昭和天皇の〈文学〉

田所　泉

風濤社

昭和天皇の〈文学〉

目次

第一部　昭和天皇の和歌

昭和天皇の〈文学〉

第一部　昭和天皇の和歌

序章　動機と方法

〈「文学方面」？〉

そのとき、裕仁天皇の表情は、わずかにこわばったように見えた。一九七五（昭和五〇）年一〇月三一日、「日本記者クラブ」代表との会見の席で、「戦争責任」について質問が出たときである。会見は皇居・宮殿で開かれ、九月末から二週間にわたった天皇・皇后の米国訪問のことから会見が始まった。一部始終はテレビで中継され、良子皇后も同席していた。

質問は、次ぎのようなものであった。

——陛下は、ホワイトハウスの晩餐会の席上、「私が深く悲しみとするあの不幸な戦争」というご発言をなさいましたが、このことは、陛下が、開戦を含めて、戦争そのものに対して責任を感じておられるということですか。また陛下は、いわゆる戦争責任について、どのようにお考えになっておられますか。

天皇の答えは、ゆっくり、一語一語を選びながら、といった調子でなされた。

「そういう、言葉の綾については、私はそういう文学方面は、あまり研究もしてないので、よくわかりませんから、そういう問題については、お答えができかねます。」

答えには、いくらか質問者を突き放すような響きが含まれていた。話題は、沖縄訪問への希望・広島への原爆投下へと移り、「こういう戦争中であることですから、どうも、広島市民に対しては、気の毒であるが、やむを得ないことと私は思ってます」という発言へと進んだ。

そのテレビの画面を見ながら、わたしは、戦争責任のことよりも、「文学方面」という言葉づかいに強い印象を受けた。天皇の詠むおびただしい和歌は、「文学方面」ではないのか？ないとしたら、それはどんな「方面」なのか？　毎年の歌会始は言うに及ばず、折りにふれて発表される「御製」は、いったい何であるのか？

〈昭和天皇にとって和歌とは〉

昭和天皇裕仁——一九〇一年四月二九日生誕、八九年一月七日に逝去。西暦の年号と数え年とがたまたま一致していることもあり、この本では西暦を使用する。昭和天皇が遭遇し関与したさまざまな出来事、制作した和歌が、数え年何歳のときのことかが一目で明らかになるので、非常にわかりやすいからである。

昭和天皇は、歌論を残さなかった。その八七年余にわたる生涯のなかで、作品は「およそ一万首ほど」（歌人・岡野弘彦）といわれるが、これまで公表された八百首あまりの和歌には、自身の歌について述べたものは含まれていない。

記者会見のなかでただ一度、「作歌の態度」について問いがあり、それに答えた言葉が記録されている（高橋紘『陛下、お尋ね申し上げます』八八年、文春文庫）。会見は四七年六月三日のことであった。

記者　陛下は地方の御製もおありですが、作歌のご態度についてお伺い致します。

天皇　わたしはできるだけ気持ちを率直に表わしたいと思っているが、そういう精神で歌をこれからも勉強したい。この間の水戸の歌も、明け方の復興したところを見て愉快であったので歌いたいと思ったが、よくできなかった。

記者　歌をお作りになるとき、メモをとられますか。今までに何首ぐらいお作りになりましたでしょうか。

天皇　記憶が衰えるのでメモはとらないようにしています。たくさん作りましたが、どのくらいあるか覚えておりません。

「気持ちを率直に表わ」すのが、作歌のときに特にそうなのか、それとも行動と発言の全体にわたるのかは、ここでは特定されていない。が、「気持ち」や「精神」がこめられた作品が少なからず存在すると想定することはできよう。

「この間の水戸の歌」とは、この年正月、歌会始の「あけぼの」と題された次ぎの歌である。

たのもしく夜は明けそめぬ水戸の町うつ槌の音も高くきこえて

「よくできなかった」とは、一種の謙遜であって、この歌には、昭和天皇の戦後の主題のひとつである「立ちなほり」＝再建・復興が、「槌の音も高く」という具体的な表現のもとに詠みこまれている。

しかし、「気持ちの率直な表現」が、近現代の歌人によく見られるような、内面世界の表出、独白に近いと考えることができるだろうか。そうは考えにくい。

なによりも、それは天皇の和歌＝「御製」であった。歌会始やその他の機会に発表されうるものであり、「御製」として発表されることを予期して制作されるものであった。とくに戦後は、多くの歌が発表された。日本の基本法のうえでの天皇の地位は、戦後大きく変化したが、にもかかわらず、「御製」はあくまでも「御製」であった。

ある人々にとって短歌とは「祈り」でありえた。昭和天皇の和歌には、「祈り」という表現がひんぱんに見られるのだが、その祈りには特異な要素がある。祈る対象はつねに、皇祖神をもふくめた神道の神々であることがその一つ。いまひとつは、ほとんどすべて、何を祈ったかが和歌のなかに明示されていることである。神への祈りは神との交信だから、その内容はむしろ、秘められていいてこそ祈りの効力があるともいえるのだが、昭和天皇の祈りはそういうものとして記されてはいない。いわば「外向き」である。和歌の読者に祈りの内容が明白に伝わることを予期しての制作になっている（「祈り」の内容は、後に分析する）。発表、つまり他者への伝達という「御製」の特性が、ここにも示されている。

和歌とはもと相聞であった、とよくいわれる。わたしたちが王朝のいくつもの「物語」を読むとき、和歌の贈答が文（ふみ）や言葉の交換に付随し、というよりむしろその核心にあったことは明らかである。天皇の地位にある者も、恋をし、歌に託して思いを伝え、受けることができた。恋人たちは、まさに恋によって、対等の地に立つことができる。

昭和天皇には、発表されているかぎり、恋の歌は皆無である。事物に仮託して愛情を表現したと読みとることのできる作もあるが、恋の歌とみなすのはむずかしい。和歌の贈答は知られていない。広い意味での「挨拶」の歌は、挽歌もふくめ、少なくないが、日本語の挨拶は、対等の関係を示すよりは、こと細かに上下の序列を示すものとして機能する場合が多い。天皇が関係者によってしばしば「お上」と呼ばれているのは、序列の最上位に位置するものであることを象徴している。上（カミ）は神（カミ）にも通じる。上位者の下位者に向けての挨拶は、いつくしみ、ねぎらいといった響きを持つ。昭和天皇の対人関係を表すこのような作例については、後述する。

年頭の歌会始を、相聞の伝統の上に位置づける論も、ときに見られる。天皇みずからが出題し（「御題」）、その題について、皇族をはじめ、関係者、さらには一般国民、外国人に至るまで、和歌を詠進する。昭和天皇の祖父、明治天皇が制度化し、少しずつ形を変えながら現在に至っているが、これを「歌垣」の習俗の延長、でなくても和歌を通じての皇室と国民のコミュニケーションと見ることができるだろうか。

現実の歌会始はただの儀式にすぎない。定められた手順に従って進行し、歌が披露される。預選者、召人、皇族それぞれ序列に従い、最後に天皇の「おほみ歌」が朗唱される。そこには、荘重な儀式の雰囲気があるにしても、短歌の歌会に必ずあるはずの、歌についての相互批評が存在しない。批評という実質を持たない歌会始は、歌会の形骸でしかない。

独白ではなく祈りでもなく相聞でもなく、それでも昭和天皇は和歌を作りつづけた。和歌を通じて、「気持ち」を伝達しようとした。伝達の対象は、さしあたり、日本語を解するすべての人、とされよう。受け手にその用意ができているかはともかく、昭和天皇は和歌の形式をとった発信をつづけた。多くの事物が、人が詠みこまれた。作品のなかに、おのずから昭和天皇の自然観、人間観、神や国家や戦争についての観点、いわば思想が、盛りこまれた。この本は、昭和天皇が、何を、いつ、どのように詠んだかについて研究することによって、昭和天皇の意識（ないしは下意識）のありように迫ることをめざす。

〈テキスト〉

昭和天皇逝去の翌年にあたる九〇年一〇月、読売新聞社から『おほうなばら　昭和天皇御製集』が刊行された。編者は「宮内庁侍従職」とされている。冒頭に読売新聞社・小林與三次社長の「刊行のことば」が一ページあり、八六五首の和歌が年代順に配列されている。つづいて、岡野弘彦「昭和天皇の歌風」、徳川義寛「おほうなばら解題」という解説文、最後に「昭和天皇ご年譜」がある。

年代順、とはいうものの、未発表の歌が含まれていることもあって、制作順か発表順かは必ずしもはっきりしない。たとえば、三六年正月の歌会始の作品は、

紀伊《き》の国の潮のみさきにたちよりて沖にたなびく雲をみるかな（海上雲遠）

だが、昭和天皇の潮岬行きは二九年夏のことで、この歌の実際の制作がいつかは特定されていない。

編者は「宮内庁侍従職」という国家機関の匿名の職員とされており、どういう編集方針のもとに「編集」——取捨選択・配列など——が行われたかは何ひとつ語らない。刊行者代表の小林與三次も「……刊行にあたって、なみなみならぬご協力を賜りました宮内庁ならびに関係各位に厚くお礼を」申し上げるのみで、編集の経過にふれない。

一見して気づくのは、四五年八月を境に、それ以前の歌が極端に少なく、それ以後は、八八年にいたるまで多くの歌が収録されている点である。四五年八月半ば、ポツダム宣言受諾以前の歌は二五首、総数の三パーセント弱である。この年は昭和天皇の生涯のおよそ半ばにあたるが、二五首のうち二三首が歌会始の作品、国事に多忙をきわめたとはいっても、作歌が中断したとも思われない。四七年六月には、前記のように「たくさん作ったが数は覚えていない」と記者会見で述べているのだから、四五年から急に多くの歌を作りはじめたとは考えにくい。

この時期の歌会始の作品以外の二首が、ともに「たたかひ」を詠み、しかも、どちらかといえば否定的な響きを持たせているのは、偶然なのだろうか。うち一つは三三年、白川義則陸軍大将の遺族に寄せた歌で、戦時中この歌の存在は秘密にされていた。もう一つは四五年三月、「戦災地を視察したる折に」と詞書（ことばがき）にある。戦後、「たたかひ」を詠んだ作品はいくつもあり、これらも後に検討するが、戦時の「たたかひ」の歌の存否は、いささか気になる。『おほうなばら』の八六五首に四首を加えて、八六九首を『昭和天皇のおほみうた 御製に仰ぐご生涯』（九五年九月、展転社）に収めたのは、不二歌道会代表の鈴木正男である。「昭和天皇御製謹解」「［類別］おほみうた」「御製に濃縮された御感懐」などの章建てに見られるように、昭和天皇への崇敬につらぬかれた本で、八六五首については『おほうなばら』を底本にしている。『おほみうた』に加えられた四首のうち一首は、昭和天皇の歿後一年の九〇年一月、「昭和天皇を偲ぶ歌会」で発表された次ぎの歌で、ついに開かれることのなかった八九年の歌会始のために準備されていた、いわば作りおきの歌であった。

空晴れてふりさけみれば那須岳はさやけくそびゆ高原のうへ（「晴」）

残る三首のうち二首は四五年夏から秋にかけてのもので、「終戦時の感想」として書かれたものとされるが、『おほうなばら』には収められていない。ここには重要な問題が含まれているとも思われるので、のちに詳細に検討する（〈「終戦二首」か「終戦四首」か〉）。ほかに、この両書いずれにも含まれていないが、不二歌道会編『今上陛下御製集』（八六年四月）に一首、赤石岳を詠んだ歌もある。しかしこれは、年少時の習作と見て除外してよいだろう。

このようなわけで、昭和天皇の作品については、表記、詞書とも、『おほうなばら』に拠り、所収の八六五首を、原則として研究対象とする。

言いかえれば、昭和天皇の署名のある他の文書資料、たとえば詔勅、生物学などの研究論文・著書などは、対象から外すということである。詔勅はそれとして昭和天皇の研究に必要な資料ではあるが、真意を体したものとそうでないものが混在し、その弁別は厳密に行われなければならない。

同様に、昭和天皇の発言とされるさまざまな記述も、原則としてこの本の対象からは外した。昭和天皇について、身近にいた人々の回想・日記などはおびただしい数にのぼるが、記録者の立場により、意識的であれ無意識であれ、昭和天皇の言動のどの部分をどう理解しどう記録するかは、客観的事実よりは主観や配慮や思惑に左右されがちなのである。回想は言うまでもなく、日記ですらも将来の発表を予想して書かれることがこれらの人々には多くあり、記述をそのまま鵜呑みにすることはためらわれる。

記者会見の記録は、回想記よりは信用できるだろう。とくに聞き手が複数であり、客観性を持った記録と報道への意欲を持っているとき、さらに、質問が巧みに本質的な答えを引き出すことに成功した場合には、信頼性は高い。しかし、あらかじめ文書で質問を提出し文書で回答をもらったような「単独会見」のような場合、回答が他者の手によって書かれていることが大いにありうる。また、事前に質問が出されている場合、模範回答が前もって用意されがちなため、本心とは違った答えが返されることも多い。

こうした事情から、昭和天皇の発言とされているさまざまなデータは、原則として（それらがわたしの推論を確証すると思える場合でも）割愛した。あくまでも和歌そのものから、昭和天皇の姿を描き出そうというのである。

それでは、歌それ自体は大丈夫か、という疑問が出るかもしれない。制作から発表までの過程が必ずしも明らかにされておらず、さらには制作が制作者自身によって行われたかどうかといった非礼な憶測が入り込む余地もないではない。

作品に語ってもらうしかない。およそ一万首といわれる昭和天皇の作品の数は、代作者の存在を否定する傍証と見てよいだろう。一年一首の歌会始のための制作ならともかく、毎月の例会（歌会）、折にふれての歌会などへの出詠が皇族や関係者にも求められるから、自作以外のもので間に合わせることは困難である。八百余首の作品は、昭和天皇の行動の軌跡に合わせて詠まれており、一人の人物の作品としての連続性を、強く保持していると見ることができる。

むろん修整ということはあり得る。以前には木俣修、晩年には岡野弘彦といった歌人が、宮内庁御用掛に任用されて天皇、皇族の歌の指導に当たった。修整が行われた例も、後に引く予定だが、もとの作意、声調をなるべく生かす方針がとられていたと想定できる。

作品分析にあたって、短歌としての作品鑑賞といった、いわば文学的なアプローチを、わたしはあえてとらなかった。「文学方面」への道は、あらかじめ昭和天皇自身の言葉によって閉ざされてもいる。

鑑賞者が、いわゆる「秀歌」をとりあげて解説し、そこから作家像を描き出すことは、文学研究の常道ではあろう。昭和天皇についても、『おほうなばら』の解説者たちや鈴木正男は、それに近い方法をとっているように見える。しかしそれは、少数の「秀歌」の半面に多数の「凡歌」を埋没させていくことにならないだろうか。

歌の巧拙は、わたしの関心の外にある。昭和天皇が作品にほどこした技巧については、一章をさいてふれるつもりだが、その際にも、昭和天皇が技巧を用いて強調しようとしたモノ、ヒト、コトが何であったかに着目してゆく。昭和天皇は、和歌という皇室伝来の発信方法を用いて、発信しつづけた。あるときは天象に託し、あるときはこの国と海外をめぐり、人にふれ事にあたり神々に祈り、その思いを述べた。天、地、人、声調、そして心という構成をとった以下の五章は、それらの題材との対峙から浮かび上がってきた、昭和天皇の肖像の素描にあてられる。

「天」の章

〈夜明け、朝日〉

とりがねに夜はほのぼのとあけそめて代々木の宮の森ぞみえゆく

『おほうなばら』巻頭、二一年正月の歌会始の一首である。題は「社頭暁」。「ほのぼのとあけそめ」の措辞は前出の水戸の歌にも共通する。作者の眼に映ったのは、代々木の宮、すなわち五年の歳月をかけて二〇年に竣成した明治神宮の森であった。神宮の祭神は祖父・明治天皇と祖母・昭憲皇太后。昭和天皇は明治天皇を崇敬していた。和歌からも影響を受けたと推定される。両者の歌風にはかなりの類似といくつかの相違が認められるが、その比較はこの本の主題から外れる。

二一年は皇太子・裕仁親王にとって事の多い年であった。三月から九月までのまる半年、英国はじめヨーロッパ五ヵ国を訪問し、帰国後の一一月、病気の父・大正天皇の摂政となった。満二〇歳と七ヵ月弱のときである。

あくる二二年、歌会始の題は「旭光照波」である。

世の中もかくあらまほしおだやかに朝日にほへる大海の原

この二首をふくめ、四五年八月までの二五首のうち、朝を詠んだ歌は十首におよぶ。「あかつき」「朝風」「朝なぎ」「朝ぼらけ」「あけがた」「日はのぼる」など、朝はさまざまに形容されている。歌会始がおめでたい新年の行事で、朝にちなむ題が多く出されているとはいっても、歌会始だけをとれば二三年のうち十年分が朝の景色というのは、いかにも多い。これに対して、夜を詠んだのは、後出の四五年の一首だけである。

「祈り」と「世」とが、朝や春と重なり合いながら、昭和天皇前半世の歌会始の作品となる。

あめつちの神にぞいのる朝なぎの海のごとくに波たたぬ世を

三三年歌会始、「朝海」。そのとき、「世」のさまはどうだったのだろうか。

三一年九月、柳条湖事件を発端とする中国東北三省での日本軍の軍事行動は、三二年にも続いていた。三月、その地に「満洲国」の建国が宣言された。五月一五日、現職の首相・犬養毅が若い軍人たちに射殺された。国際連盟は満洲問題を調査、日本の侵略行為と認定し、三三年三月、日本は国際連盟を脱退した。「朝なぎの海」にはほど遠く、波を起こしたのは日本の軍事行動にほかならなかった。当時、明治憲法のもとで、天皇は「大日本帝国」を統治し、軍の統帥者＝大元帥であったことも、蛇足ながら記しておこう。
さかのぼって二八年、即位後の最初の歌会始で、昭和天皇はこう詠んでいた（題は「山色新」）。

山山の色はあらたにみゆれどもわがまつりごといかにかあるらむ

二六年一二月二五日、大正天皇のあとを継いで践祚した昭和天皇の新政は、二七年五月、中国山東省に出兵（第一次）、二八年二月、最初の「普通」選挙（成年男性に選挙権）と翌三月の日本共産党に治安維持法を適用しての一斉検挙、四月に第二次山東出兵、六月に中国の軍閥張作霖の爆殺、同じ月に緊急勅令で治安維持法の罰則強化（死刑・無期懲役刑を追加）という、内外多端の出発だった。張作霖事件に関する報告の食い違いについて田中義一首相を責め、辞職を求めたのが二九年七月初めのことである。

静かなる神のみそのの朝ぼらけ世のありさまもかかれとぞ思ふ

と詠んだのが三八年の歌会始（題「神苑朝」）。前年の三七年七月、盧溝橋事件をきっかけに中国への全面侵攻が始まり、一二月、日本軍は国民政府の首都であった南京を占領した。直後に南京で何が起きたか、日本の民衆は戦後まで知らされていなかったが、「皇軍」＝天皇の軍隊、に蹂躙された南京の民衆にとって、「世のありさま」はこの歌の景色とは正反対のものだった。

西ひがしむつみかはして栄ゆかむ世をこそ祈れとしのはじめに

四〇年、「迎年祈世」の歌。西では、ヨーロッパで三九年九月、第二次世界大戦が始まっていた。ポーランドがあっという間にヒトラーのドイツとソ連との間で分割された。東では、関東軍が八月にノモンハンでソ連軍に敗れたものの、中国の国民政府を離脱した汪兆銘を相手に「和平」交渉が進んでいた。

四〇年三月、汪兆銘を主席とし日本に協力する政府が南京で成立、九月に日本軍がフランス領インドシナを占領し、同月、ベルリンで日独伊三国同盟が調印された。日本が「むつみかはし」た部分は、ついに栄えることがなかった。

が、朝の歌はなおつづく。

つはものは舟にとりでにをろがまむ大海の原に日はのぼるなり

四四年歌会始、「海上日出」。「つはもの」は軍艦や（海外の）基地で初日の出を迎えていることであろう。現役の兵士を詠んだもので残されているのは、この歌ただ一つである。大平洋にも拡大した戦局は、このころ次第にかげりを見せていた。

戦後も、折りにふれて朝が詠まれる。

うれしくも国の掟のさだまりてあけゆく空のごとくもあるかな

四七年、「新憲法施行」と題されているから、五月ごろの作であろう。憲法は、「あけゆく空」になぞらえられている。明治憲法の改正、昭和憲法の公布・施行で、統治者としての天皇の国事行為は終わった。これから後、象徴としての公務が、四〇年あまりの長期にわたって、昭和天皇には残されている。憲法の内容のどの部分――戦争放棄か、国民主権か、それとも天皇制の存続か――が「うれしく」感じられたかは語られていないにしても、昭和天皇の好みの天象がここに現れていることは、憲法への肯定的評価を示したと読み込むことを可能にする。本心からか、当時は必要と思われた政治的ゼスチュアだったか、ここでは問わない。

そして六〇年歌会始、「光」の歌にわたしたちはゆき当たる。

さしのぼる朝日の光へだてなく世を照らさむぞわがねがひなる

数え齢六〇に達した昭和天皇は「へだてなく世を照らさむ」と念願する。まさに「さしのぼる朝日の光」がそうであるように。太陽と天皇の姿は、ここで重なる。さりげなく、そしてへだてなく、この天体とみずからを同一視できる同時代人を、ほかにわたしは知らない。

思い返せば、日本神話は、皇祖神が日の神であったと語っている。「天つ日嗣」という言葉が示すように、皇位＝高みくらは、日の神の子孫に伝えられてきた。皇位継承者は「日の御子」であった。事実、昭和天皇が皇太子・明仁親王を詠む歌のほとんどは「皇太子（ひのみこ）」と訓まれている。二例だけ「東宮」という表記があるが、これは「とうぐう」と訓むか「ひのみこ」と訓むか定かでない。

昭和天皇は、太陽輝く「晴れ」、太陽が旅する「空」を、多く詠んだ。好んで詠んだ、と見ることができよう。

アラスカの空に聳えて白じろとマッキンレーの山は雪のかがやく

ヨーロッパの空はろばろととびにけりアルプスの峯は雲の上に見て

七一年秋、ヨーロッパを旅しての作である。後者は七二年歌会始（題「山」）で披露された。空や陽を映す海、「海原」も、昭和天皇がしばしば詠んだ風景であった。すでに二首引いたが、歌集が『おほうなばら』と名づけられたのは、八七年初夏、前年一一月に三原山が噴火した伊豆大島を視察しての帰り、「高速船シーガルに乗りて」の作による。

ひさしぶりにかつをどりみて静かなるおほうなばらの船旅うれし

〈月、夜〉

太陽や朝に比べると、月や夜を詠んだ歌は少ない。物思い、追憶、哀しみをさそう「月」という天体について、古くから人はさまざまな歌を詠んできたのだが、昭和天皇の歌ごころはそうした感傷に動かされることが少なかったようである。

花鳥風月、雪月花――日本人が思いを託す自然物はしばしば、こう呼ばれる。こころみに、「小倉百人一首」のうち月を詠んだ歌をあげれば、有名な花山院や西行法師の作を含めて一二首。「花」は八首だが、ほかに「紅葉」が六首ある。「風」は嵐や野分を含めて九首、「鳥」は三首にとどまる。いちばんの主題はむろん「恋」で、全体の四割、およそ四〇首を数える。

夜の月が昭和天皇の和歌に最初に現れるのは、四五年歌会始「社頭寒梅」の次ぎの歌である。

風さむき霜夜の月に世をいのるひろまへきよく梅かをるなり

「ひろまへ」とは「広前」、神の「大前」ともいう。この年の冬は寒かった。前年の七月にサイパン島の日本軍は「玉砕」し、一一月には東京が空爆され、戦局の非勢は明らかになっていた。「風さむき霜夜の月」はもう一度、戦後の四八年、「折にふれて」三首のうちの一首に出現する。

風さむき霜夜の月を見てぞ思ふかへらぬ人のいかにあるかと

「折にふれて」であるから、いつ、どのような状況のもとでの作かは明らかでないが、「かへらぬ人」は、この世を去って再び帰らぬ人ではなくて、「いかにあるか」と問われている、日本からは現状を知ることのできない未帰還・未帰国の人である。この時期、シベリアには戦後抑留され労役に従事する旧軍人がまだ多数いた。寒夜の連想は、おのずと寒冷の地へと向かう。発端は戦争にあるとはいうものの、詠まれているのは、「かへらぬ人」の現状への心痛である。似た境地の月の歌が、四七年の「折にふれて」の中にも一首ある。

霜ふりて月の光も寒き夜はいぶせき家にすむ人をおもふ

同じ年、「和倉温泉」と題する月の歌は、海原を照らす名月の情景だった。

月かげはひろくさやけし雲はれし秋の今宵のうなばらの上に

後年になると、夏の月も冬の月も、叙景の対象として、輝かしい天体になってゆく。

八月なる嵐はやみて夏の夜の空に望月のかがやきにけり　（八二年）

冬空の月の光は冴えわたりあまねくてれり伊豆の海原　（八三年、「須崎の冬」）

〈むら雲、雪〉

雲、雪、風などの天象も、昭和天皇の作歌に多く現れる。大半は叙景の歌で、前出の「紀伊の国の」もその一つだが、一部、凶事の象徴と思われる用例もある。

峰つづきおほふむら雲ふく風のはやくはらへとただいのるなり　（「連峰雲」）

この歌が発表されたのは四二年正月、歌会始の席上においてであった。わずかひと月前、日本は米英両国に宣戦し、太平洋戦争の緒戦が日本有利のうちに展開していた。むらがり立ち、天をおおわんばかりの雲。「はやくはらへ」の「はらへ」は、見て明らかなように命令形である。うちはらえ、という意味がこめられているとすれば、「攘へ」という字が連想されうる。「攘夷」の攘である。結句の「ただいのるなり」の祈りを神事の一部と考えるなら、「はらへ」には「禳へ」または「祓へ」という字をあてることができる。凶悪なものを神々の呪力によって打ち祓うのであり、神事の祭主は、いうまでもなく天皇その人にほかならない。

戦勝祈願の歌とは、あまりにも時局にひきつけた俗流の解釈であるかもしれない。が、歴代天皇のうちには、モンゴル軍来襲の折り、怨敵退散をひたすら祈願した第九十代亀山天皇がいた。神事と祈りは、昔もいまも、天皇の重要な「わざ」＝仕事なのである。

戦後になって初めての歌会始は四六年一月に開かれ、昭和天皇は「松上雪」をこう詠んだ。

ふりつもるみ雪にたへていろかへぬ松ぞををしき人もかくあれ

ありふれた風景、といえばいえるだろう。格別に和歌のたしなみのない人でも、松に降り積もる雪を見ていれば、出てきそうな一首ではある。

しかし、四六年一月という時点で、天皇が「人もかくあれ」と松の雄々しさをたたえたことの意味を、見過ごすことはできない。

この年、日本は連合軍の占領下で最初の正月を迎えた。明治憲法の効力は実質上停止され、昭和天皇は元日に、「人間宣言」として知られる「新日本建設ニ関スル詔書」を発表したばかりだった。この詔書について、「神格とかそういうことは二の問題であった」と昭和天皇が記者団に語るのは、三十年あまり後の七七年八月のことである。

「ふりつもるみ雪」は、日本がおちいっている困難な状態を暗示する。困難に耐えて「いろかへぬ」こと、志操を堅持することを「ををし」と作者はみる。それだけでなく、その松にならえ、とあえて「人」に命じるのである。和歌のかたちを装ったもう一つの詔書、それこそがこの歌の真意であった、といえないだろうか。

「ををし」という賞賛の形容は、昭和天皇のほかの作歌にも見られる。皇室典範の皇位継承の規定が示すように、男性優越の原理がいまも存在するのが皇室の組織であり、昭和天皇の意識と感性は、ごく自然に「ををし」さ、男らしさの優越性を肯定していた。

立山の空に聳ゆるををしさにならへとぞ思ふみよのすがたも

これは二五年歌会始、「山色連天」の一首である。「みよ」は大正天皇の世を意味するが、すでに摂政であった身からすれば、ほぼわが世のありようと見てよいだろう。早くもこの一年前、二四年歌会始の「新年言志」では次ぎのような為政者の心を歌っていた。

あらたまの年をむかへていやますは民をあはれむこころなりけり

「あはれむ」は愛憐、「いとおしむ」という意味で、かわいそうに思うのではないが、この「民」への視線が、君主のものであることは明らかである。

「ををし」の用例をもう一つ、戦後、四八年の「牛」から引いておく。

たゆまずもすすむがををし路をゆく牛のあゆみのおそくはあれども

「ををし」の反対語である「めめし」を用いた歌は、一つもない。

「松上雪」に始まる、「雪」と「松」と「耐える」主題は、占領下の昭和天皇の作歌に底流している。

冬枯のさびしき庭の松ひと木色かへぬをぞかがみとはせむ

潮風のあらきにたふる浜松のををしきさまにならへ人々

いずれも四七年、「折にふれて」に収められている。「色かへぬ松」はおのれの「かがみ」であるとともに、「耐ふる浜松」にならえと、人々は呼びかけられる。新しい憲法が公布され、天皇の地位は変わったとはいえ、「松上雪」のテーマと詠む者の姿勢にはいささかの変化も認められない。

四八年正月の「歌会始」は「春山」を題としたが、昭和天皇が詠んだのは、春とはいえ「雪」の残る風景であった。

うらうらとかすむ春べになりぬれど山には雪ののこりて寒し

春たてど山には雪ののこるなり国のすがたもいまはかくこそ

二首目はことにあけすけに、山の高みをおおう雪の存在を、国のすがたの「いま」になぞらえている。連合軍の占領はなお続いており、それが春を寒いものにとどめているのである。

五二年四月、サンフランシスコ条約が発効し、占領はいちおう終結した。米軍は安全保障条約に基づいてひきつづき駐留しており、朝鮮半島では「国連軍」として戦闘に従事していたが、ともかく日本は「独立」の日を迎えた。

昭和天皇は「平和条約発効の日を迎へて」と題して、五首の歌を発表した。そのうちの初めの二首。

風さゆるみ冬は過ぎてまちにまちし八重桜咲く春となりたり

国の春と今こそはなれ霜こほる冬にたへこし民のちからに

一見して明らかなように、「風さゆるみ冬」「霜こほる冬」は、被占領という苦難の歳月を象徴する。「まちにまちし……春」「国の春」は、「たへ」てきた「民のちから」によってもたらされた、というのが二首目の「民」への挨拶である。「松上雪」から「国の春」まで——雪と冬に思いをひそめた一連の作歌は、ここで完結した。

この年五月三日、「日本国憲法施行五周年・独立記念式典」が皇居前広場でとり行われ、昭和天皇は「身寡薄なれども……負荷の重きにたえんことを期し……相たずさえて国家再建の志業を大成し……」と、一部でうわさされた退位説を正式に否定した。

「地」の章

〈「国」〉

「国の春」「国の掟」「国のすがた」と、四〇年代後半から五〇年代前半にかけて詠まれた歌に共通するのは、「国」という大きな単位が作者の視野のうちに存在している点であろう。四五年以前には、「国民」（くにたみ）という用語が一つあるほか、「世」という「国」と同等またはより大きな単位が昭和天皇の歌にしばしば現れている。すでに引用したいくつかの歌のほかに、もう一つ例をあげておこう。

ゆめさめてわが世を思ふあかつきに長なきどりの声ぞきこゆる（三一年歌会始、「暁雞声」）

戦後の四六年、「国」が最初に出てくるのは、「戦災地視察」の中の一首である。

国をおこすもとゐとみえてなりはひにいそしむ民の姿たのもし

「興国」のため働く「民」をたのもしいとする歌である。あくる四七年、憲法公布を前にして、皇室の財産の一部は国に移管された。「帝室林野局の農林省移管」に際しての四首のうち一首に、「国のため」という表現が見られる。

九重につかへしことを忘れずて国のためにとなほはげまなむ

林野局の職員は「九重」、つまり皇室に直接奉仕する人々であった。見てのとおり、それを忘れることなく、国のためにも仕事にはげめよ、というのがこの歌である。「帝室博物館の文部省移管」を詠んだ三首は、三首とも「くに」「国」の文字を含む。

いにしへのすがたをかたるしなあまたあつめてふみのくにたてまほし

いにしへの品のかずかずたもちもて世にしらしめよ国の華をば

世にひろくしめせとぞ思ふすめぐにの昔を語る品をたもちて

「帝室御物」は、国立博物館に移管されてその収蔵品となったが、それは「国の華」であり、「すめぐにの昔を語る品」であった。「すめぐに」とは「皇国」にほかならず、それはかつて「すめらみくに」と敬い呼ばれた。

その二年後の四九年、「わが日の本」が歌われる。「湯川秀樹博士ノーベル賞受賞」三首のうちの一首がそれである。

賞を得し湯川博士のいさをしはわが日の本のほこりとぞ思ふ

同じ一連の歌の中に、もう一つ「国」が見られる。

うれひなく学びの道に博士らをつかしめてこそ国はさかえめ

物理学上の業績が、「わが日の本のほこり」に直結するものかどうか、ここで詮索はしない。「ほこり」と感じる感性が、昭和天皇だけのものでなく、当時のマス・メディアによる扱いかた（昭和天皇は受賞のニュースを新聞の朝刊で知った、と歌う）に影響された多くの人々に共通するもの、と考えることもできよう。それにしても、この事象からただちに、国を栄えさせる方策に思いが及ぶのは、やはり昭和天皇ならではのことであろう。

「日の本」につづいて「日の丸」が高らかに歌われる。五〇年、「名古屋にて」三首のうちの一首である。

日の丸をかかげて歌ふ若人のこゑたのもしくひびきわたれる

「国」を詠んだ歌は、さらにつづく。五九年、「靖国神社九十年祭」の歌。

ここのそぢへたる宮居の神がみの国にささげしいさををぞおもふ

靖国神社は、明治維新の志士たちを神として祀ったのに始まり、戦歿者をつぎつぎに合祀した別格官幣社であった。神道では死者は神とされるから、およそ二百五十万柱の神々の霊がおり、例大祭には天皇がみずから参拝する慣行もあったから、いわば国家神道の象徴であり、戦後の政教分離の標的となった。昭和天皇はほかにも靖国神社についての歌があるので、別の章の〈神祇釈教〉の部分であらためて検討する。

六二年には、「国のため」という句を含む歌が二首ある。

年あまたへにけるけふも国のため手きずおひたるますらををを思ふ

（「傷痍軍人のうへを思ひて」）

国のためたふれし人の魂《たま》をしもつねなぐさめよあかるく生きて

（「遺族のうへを思ひて」）

戦死者や戦傷者は、思い返せば、「国のため」ばかりではなく、それと同時に「天皇陛下のおん為に」という建てまえ、ないしは意識を持って、たたかい、たおれたのだった。当時「国」は前述のように「すめらみくに」、戦いは「おおみいくさ」＝天皇のいくさと観念されていた。五九年、「千鳥ヶ渕戦没者墓苑」と題された次ぎの一首は、同じく「国のため」の句から始まるが、結びに「胸せまりくる」と、感情の強い動きを示す句が来ることに特徴がある。

国のため命ささげし人々のことを思へば胸せまりくる

「胸せまりくる」という表現はほかのいくつかの歌にも見られ、昭和天皇の心の動きを知る手がかりとなるとも思われるので、最後の章でまとめて検討することにしたい。

「国」の犠牲者たちについて回想するばかりでなく、昭和天皇は戦後の現実を、「国のつとめ」を果たしつづけることによって生きぬいた。

六五年歌会始、題は「鳥」。

国のつとめはたさむとゆく道のした堀にここだも鴨は群れたり

皇居内の風景である。おそらく住居から仕事場＝宮殿への道すがらであろう。堀には鴨がたくさん群れている。数え齢六五歳、生涯現役をとおした勤勉な人の姿がここにある。

七〇年春、「七十歳になりて」四首のうち一首は、「国のたひらぎ」を祈る昭和天皇の自画像である。

ななそぢを迎へたりけるこの朝も祈るはただに国のたひらぎ

八七年秋、発病と最初の手術のあと、皇太子に国事行為の臨時代行をゆだねたときの歌。

秋なかば国のつとめを東宮にゆづりてからだやすめけるかな

この年の正月、歌会始（題は「木」）の一首も、「国」の歌であった。

わが国のたちなほり来し年々にあけぼのすぎの木はのびにけり

「国」はこのように、生涯にわたって昭和天皇の関心の対象でありつづけた。戦前の「国」は、天皇による統治の対象であり、昭和天皇の視線はときに国をこえて「世」にもひろがった。戦後も「世」は様々な形でしばしば詠まれたが、「国」のそのときどきの状況とその行く末とは、昭和天皇の思いを託す対象となりえた。「わが日の本」「わが国」などの用語は、おそらくわたしたちが同じ言葉を使うときに比べて、ずっと重い響きを昭和天皇の意識に与えたことだろう。

そして「わが国のたちなほり来し年々」をふるまでに、昭和天皇は長命に恵まれた。

〈「たちなほり」＝地方巡行〉

戦後、昭和天皇は、全国各地への旅行に多くの時日をついやした。初期には「巡幸」とも呼ばれる各地の視察であり、五四年の北海道ゆきで都道府県を一巡した後は、国民体育大会（国体）や植樹祭などへの出張であった。その経験をもとに、数多くの歌が詠まれた。「巡幸」は初め記者会見などで「視察」と呼ばれた。昭和天皇自身は「巡遊」と言ったこともあるようだ。記者会見の記録で「巡幸」と記された発言もあるが、「巡幸」とみずから呼んだとは考えにくいし、「巡遊」は実情とはズレもあるので、中立的な表現として「巡行」と記すべきだろう。

巡行については、『おほうなばら』巻末の年譜にも記載があり、鈴木正男には『昭和天皇の御巡幸』（九二年、展転社）と題する入念な記録がある。「本書を執筆しつつ、私は何度も落涙して筆を置いた。昭和天皇が崩御されて既に満三年が経過したが、今更ながら、その大御心の深さ、畏さに身をののくのみである」（まへがき）といった調子の記述なので、いくらか読みづらいが、関東地方から始まって北海道までの行程の順に、和歌も挿入して書かれているので、その足跡をたどることができる。

巡行は、四六年二月一九日、神奈川県川崎、横浜への日帰りの視察に始まり、その年に関東一都五県と東海三県、四七年に近畿、東北、信越、北陸、中国のほか栃木、山梨の両県とつづいた。このうち一〇月の北陸巡行では石川県で国体開会式に出席している。四八年は占領軍の意向や宮内庁の人事異動、さらには極東国際軍事裁判の判決と刑の執行などが重なって巡行は行われなかったが、四九年五月九州から再開、五〇年には四国のほか甲府での第一回「国土緑化大会」（のちの「全国植樹祭」）に出席、その後断続的に視察旅行があり、五四年八月、良子皇后とともに北海道国体出席と道内視察でひとまず完了となった。往きは列車と船の旅、帰りは初めての航空機だった。国体開会式には四七年石川県のあと四九年から八六年まで、全国植樹祭には四九年から八七年まで、ほとんど毎年出席という精励ぶりである。

巡行の初期には、戦災の状況視察、戦災者、遺族、引揚者への激励が多く日程に組み込まれていた。宮内省が四六年一〇月に発表した「戦災地視察」には、次ぎの二首に、四一頁で紹介した「国をおこすもとゐとみえてなりはひにいそしむ民の姿たのもし」を加えて、三首一連で組み立られている。

戦のわざはひうけし国民《くにたみ》をおもふこころにいでたちてきぬ

わざはひをわすれてわれを出むかふる民の心をうれしとぞ思ふ

このうち「戦の…」の一首は、『おほうなばら』では、四五年三月、「戦災地を視察したる折に」詠まれた作品となっており、後の二首とは制作の時期が異なる。

四五年三月九日夜から数時間、東京への空襲は江東地区を中心に大きな人的物的な被害をもたらした。一八日、昭和天皇は微行して実情を見た。「国民」と直接対話したのではないが、深川の富岡八幡宮境内で大達茂雄内相の説明を受けており、焦土のありさまに、衝撃を受けたものと推察される。しかし戦争は沖縄での地上戦という代価を払いつつ、そのあと五ヵ月近く続けられたのである。江東地区への微行のときに想を得たと見られるこの歌は、戦後巡行のモチーフであるかのように扱われ、巡行の歌と一連のものとされていた。

巡行を出迎える「民」は、「わざわひをわすれ」たと見なされ、その心は「うれしとぞ思ふ」と嘉賞され嘉納された。そして、ふたたび「国をおこす」ための「立ちなほり」の様子が、巡行のゆく先々で歌になっていった。前出の「水戸の歌」もその一つである。「立ちなほり」を詠んだ歌をいくつか引いておこう。

ああ広島平和の鐘も鳴りはじめたちなほる見えてうれしかりけり（四七年、「広島」）

名古屋の街さきにみしより美しく立ちなほれるがうれしかりけり（五〇年、「名古屋にて」）

戦《いくさ》のあとしるく見えしを今来ればいとをしくもたちなほりたり（五三年、「四国の復興」）

関西の復興、九州復興、富山市の復興、そして「たちなほり」は九州水害、伊勢湾一帯の風水害、福井地震などの災害からの復興を願う歌の中でも用いられるようになってゆく。「ああ広島」と歌い出された広島とともに、もう一つの原爆被災都市、長崎の歌もある。

あれはてし長崎も今はたちなほり市の人びとによろこびの見ゆ（六一年、「長崎復興」）

後年になると、建造物の再建も、「たちなほり」と呼ばれるようになる。

たちなほれるこの建物に外つ国のまれびとを迎へむ時はきにけり（七四年、「迎賓館」）

過ぎし日に炎をうけし法隆寺たちなほれるをけふはきて見ぬ（七九年、「法隆寺」）

いくたびか禍《まが》をうけたる大佛もたちなほりたり皆のさちとなれ（八一年、「大佛殿」）

巡行の当初の目的でもあった戦災者らへの挨拶の歌も、要所要所で詠まれている。

浅間おろしつよき麓にかへりきていそしむ田人たふとくもあるか
（四七年、「長野県大日向村」）

海外からの引揚者が農業生産に復帰しているさまを、「たふとくもあるか」とたたえた歌である。引揚者については、四九年、「熊本県開拓地」での次ぎの三首がある。

かくのごと荒野が原に鋤をとる引揚びとをわれはわすれじ

外国《とつくに》につらさしのびて帰りこし人をむかへむまごころをもて

国民とともにこころをいためつつ帰りこぬ人をただ待ちに待つ

復興への激励は、行くさきざきの地で生産活動に従事する人々への歌ともなる。

あつさつよき磐城の里の炭山にはたらく人ををしとぞ見し（四七年、「東北地方視察」）

わが国の紙見てぞおもふ寒き日にいそしむ人のからきつとめを（四七年、「紙」）

海の底のつらきにたへて炭ほるといそしむ人ぞたふとかりける（四九年、「福岡県大牟田」）

なりはひにはげむ人人をしかり暑さ寒さに堪へしのびつつ（五四年、「道民に」）

国力《くにぢから》富まさむわざと励みつつ機織りすすむみちのくをとめ（六〇年、「米沢市」）

この節で引用した歌や詞書を見れば明らかなように、巡行した各地の地名は念入りに記されている。都市だけでなく、町が村が、工場が病院が、山が川が、おびただしい数の固有名詞となって残されている。国体や植樹祭の場合も同様である。これらは一種の儀式だから、式次第なども決まっており、度重なると印象も薄くなるらしく、同じような歌も少なくない。それに構わず昭和天皇は律儀に歌を作りつづけた。挨拶としてそれは必要だった。その成果は、昭和天皇の生前そして没後に、全国各地で建てられた多くの「歌碑」となって表れた。歌に詠まれた場所はすべて、「昭和天皇ゆかりの地」となりうる資格があり、その資格を目にみえる形で誇示しようとしたのである。沖縄を別とすれば、歌碑の建っていない都道府県は一つもない。

〈沖縄〉

皇太子時代の二一年ヨーロッパ訪問の往路に寄港した以外は、昭和天皇は沖縄に行かなかった。そこは四五年から七二年五月までは「外国」だったし、八七年秋の沖縄国体開会式に出席する直前、昭和天皇は病いにたおれた。

こうした事情にもかかわらず、沖縄を詠んだ歌が三首残されている。沖縄にかける思いが歌に表れたと推測できるが、その思いの内容はわかっていない。

沖縄の人もまじりていさましく広場をすすむすがたうれしき

五三年、「松山国民体育大会」がその最初の一首である。開会式の行進の列に加わっている「沖縄の人」を昭和天皇の視線がとらえる。巡行の場合、たいていは地元への挨拶を心がけているかに見える歌のなかで、この一首は異例といってよい。五二年春のサンフランシスコ条約発効によって、日本国から確定的に切り離された「沖縄」。早くもその翌年に、「沖縄の人」が四国・愛媛県で詠まれていることは、昭和天皇の想念から沖縄が離れていないことを意味するのではないか。

沖縄の昔のてぶり子供らはしらべにあはせたくみにをどる

八一年七月、詞書には「桃華楽堂にて沖縄の民謡と舞踊を見る」とある。桃華楽堂は皇居内の音楽堂である。淡々と詠まれてはいるが、わざわざ歌にすること自体（それを発表することをあわせて）、沖縄への心くばりを示すものといえる。

思はざる病となりぬ沖縄をたづねて果さむつとめありしを

八七年の病中吟である。「つとめ」とは、直接には国体開会式への出席をさすが、それにとどまらない。丹念に全国をへめぐってきた昭和天皇にとって、沖縄ゆきはその総仕上げとなるべきものであった。巡行の当初がそうであったように、住民＝戦争被害者への激励と、戦争犠牲者の鎮魂の旅と考えていたのかもしれない。それは、名代として皇太子ないし皇族を派遣して代行できる性質のものでなく、天皇みずからの「つとめ」として遂行されねばならなかった。それを目前としての発病であり、これは無念の想いのにじみ出た一首となりえている。

〈「外つ国の旅」〉

半年にわたった二一年のヨーロッパへの旅について、記者会見やそのほかの機会に、昭和天皇はくり返し語っており、歌のなかでも、ほぼ同じ調子の述懐が見られる。たとえば六一年、「六十の賀」三首のうちの一首。

むそとせをふりかへりみて思ひでのひとしほ深きヨーロッパの旅

数え年七十歳にあたる七〇年の歌。

ななそぢになりしけふなほわすれえぬいそとせ前のとつ国のたび

七十歳をこえ昭和天皇は二度の海外旅行を経験する。七一年九月から一〇月にかけてのヨーロッパ七ヵ国訪問と、七五年秋の米国訪問である。いずれも良子皇后が同行し、旅行はそれぞれ約二週間にわたった。

これらの旅を詠んだ歌は相当に多く、前者では三四首、後者では三八首が『おほうなばら』に収められている。

ヨーロッパへの出発に先立ち、昭和天皇は伊勢神宮に参拝した。

外つ国の旅やすらけくあらしめとけふはきていのる五十鈴の宮に

デンマーク、ベルギー、フランスと事も無く旅はすすんだが、英国とオランダでは、戦争責任を追及する人びとに出逢う。

戦果ててみそとせ近きになほうらむ人あるをわれはおもひかなしむ

さはあれど多くの人はあたたかくむかへくれしをうれしと思ふ

これが英国の経験、なんとも散文的な歌だが、オランダでの歌もほぼ同じである。

戦にいたでをうけし諸人のうらむをおもひ深くつつしむ

時しもあれ王室の方の示されしあつきなさけをうれしとぞ思ふ

「うらむ」という受け取り方が適切かどうか、疑問は残るが、昭和天皇の表現ではそうなっており、「さはあれど」「時しもあれ」歓迎する側の人の「あたたか」さ、「あつきなさけ」を「嬉し」く受け取ることによって、「うらみ」は脇に置かれる。

スイスを経て最後の訪問国は西ドイツ。その中に次ぎの歌がある。

戦ひて共にいたつきし人々はあつくもわれらをむかへくれける

「いたつき」は労苦、病気などを意味し、昭和天皇の歌にしばしば用いられる言葉である。が、この歌の「いたつき」は何を意味しているか。第二次世界大戦を共にたたかった戦争指導者は、ドイツの場合、自死、処刑、投獄、追放などの形で、責任を問われた。ドイツ人みずからがかつての指導者の責任を追及し、いまのこの国の指導者は、ヒトラーに抵抗した人びとである。労苦を共にしたと見るのは、錯覚というほかない。それとも「いたつき」は「傷つく」というほどの意味だろうか。ドイツは第二次大戦末にほぼ全土が戦場になったから、被害は日本のそれより大きかったともいえる。ドイツ人全体、日本人全体という集団としての被害ということなら、あるいは共通しているかもしれないが、それならば連合国側の人々にしても共通である。「あつくも」は「篤くも」であって、「熱くも」ではないだろうが、懇篤または熱烈な歓迎があったとして、それが旧同盟国だったための「共苦」と受けとるなら、これまた錯覚にすぎない。歌のなかにふと表れた西ドイツ像の歪みが、昭和天皇の世界認識の一部だとすれば、もしや日独の再同盟が可能ではという想念すら、その底に潜んでいたのではないかという疑念を、わたしはこの歌に持つ。

それはともかく、旅の最後、アンカレッジを経由してマッキンレーの峯を過ぎる前に、関係者をねぎらう次ぎの歌で、この時の旅はしめくくられる。

外つ国の空の長旅事なきはたづさはりし人の力とぞ思ふ

一種の挨拶の歌だが、この種の挨拶はことに戦後の昭和天皇の歌に頻出する。

七五年の米国訪問は、捕鯨反対をかかげる「静かなるデモ」に遭った程度で、フォード大統領との再会をはじめ日程をつつがなく消化した。歌は、ほとんど日記をつけるような調子で、つぎつぎと詠まれた。

この国の戦死将兵をかなしみて花環ささげて篤くいのりぬ
（「アーリントン墓地にて」）

戦の最中《もなか》も居間にほまれの高き君が像《すがた》をかざりゐたりき
（「リンカーン記念堂にて」）

畑つもの大豆のたぐひ我が国にわたり来む日も遠からなくに
（「バルツ農場にて」）

アメリカのためにはたらく人々のすがたをみつつたのもしと思ふ
（「多くの日系人にあひて」）

これほどの米国のよき理解者が、四一年に米英に宣戦する詔書に署名したとは、多くの米国人には、信じがたいことであろう。わたしも別の意味で信じられない。太平洋戦争中、ことにその末期、わたしたちは「鬼畜米英」と教えこまれ、「敵性語」である英語の使用は禁止された。家の床の間に「ご真影」を飾ったり、小学校の校庭に二宮金次郎の像を見ることはあっても、リンカーンの像や写真を人目につく場所に掲げるには、尋常でない勇気を必要とした。

『おほうなばら』は、米国訪問の一連の歌の冒頭に「北米合衆国の旅行」という詞書のもとに、総括ふうの三首を載せる。

いそぢあまりたちしちぎりをこの秋のアメリカの旅にはたしけるかな

ながき年心にとどめしことなれば旅の喜びこの上もなし

こともなくアメリカの旅を終へしこともろもろのひとの力ぞと思ふ

そして帰国後、昭和天皇は伊勢神宮に参拝し無事を報告する。

たからかに鶏のなく声ききにつつ豊受の宮を今日しをろがむ

外国の旅を含め、歌のなかに現れるおびただしい地名を見てきて、昭和天皇にとっての「地」に、ただ一つ、全く詠まれていない場所があることに、わたしは気づいた。それは「ふるさと」である。

歌の作者が、何をどう詠んだかを探究することは、何を詠んでいないかについての考察を当然に含む。歌人であれほかのジャンルの作家であれ、「ふるさと」を——実際の故郷と幻想のそれを含め——どう扱っているかは研究の重要な着眼点となりうる。

祖父・明治天皇は京都を「ふるさと」として育ち、東京に遷都してからもたびたび望郷の歌を詠み、京都に戻ってはまた故郷について歌った。昭和天皇にはそれが一首もない。「わが世」「わが国」が含まれている歌は、すでにいくつか引いた。ほかに「わが庭」「わが宿」などの作例もある。皇居と呼ばれる東京の住居、那須や須崎や葉山の用邸とその敷地、そこからの眺めの歌は少なくない。

にもかかわらず、昭和天皇の「地」の感覚からは「ふるさと」が全く欠落している。なんらかの事情で故郷を喪失した人ならば、「根無し草」であることへのこだわりを持つもので、それが裏返しの「ふるさと」感覚でもあるのだが、そうした悩みも昭和天皇とは無縁に見える。これをほかに類を見ない昭和天皇のふしぎな特質の一つ、と考えてよいかも知れない。または、一定の地点に固着することをみずから拒否して、「世」に、少なくとも日本という「国」にあまねく存在する「何ものか」であろうとする努力の結果と解釈すべきか。

「ふるさと」を持たぬ人の歌と、わたしたちはなおしばらく、つきあってゆくことにする。

〈山川草木〉

昭和天皇の歌でもっとも多いのは、実は叙景の歌である。叙事の歌——国体開会式や植樹祭に際しての歌などがそうだが——もけっこう多く、抒情歌はきわめて少ない。

叙景歌は作家の自然観をある程度反映する。作者の意思や感情が風景に託して直接表現されている歌、間接的な表現ではあるが容易に読みとれる歌、叙景に終始して作意がつかみにくい歌が、昭和天皇の叙景歌には混在する。この〈山川草木〉の節と次の〈鳥獣虫魚〉の節では、叙景の対象となった自然や生物の描写を通じて、昭和天皇の自然観を探る。

「山」は、かなり多く詠まれている題材である。すでに引用した「山山」「山」「炭山」、それにマッキンレー、アルプス、立山、浅間など、固有名詞で呼ばれる山山。『おほうなばら』には、四十をこえる山、岳、峰の名が見られ、富士山がもっとも多く九首ある。阿蘇、雲仙、それに用邸から眺められる那須岳がそれに次ぐが、二首か一首にだけ現れる山が全国各地に見える。植樹祭は山のふもとでとり行われることが多く、国体開会式やその他のスポーツ・イベントの際にも、山の眺めが歌われていることがある。なお『おほうなばら』以後、最後の作品となった一首も、那須岳と空とを詠んだものだった。

富士の歌が多いのは、日本でいちばん天に近い山だったためか。最初の歌は四八年の作である。

しづみゆく夕日にはえてそそり立つ富士の高嶺はむらさきに見ゆ

富士は大きな山だけに、こまかな描写の対象になりにくい。

白雲のたなびきわたる大空に雪をいただく富士の嶺みゆ

山々の峯のたえまにはるけくも富士は見えたり秋晴れの空

（六〇年、「九州への空の旅」）

ふじのみね雲間に見えて富士川の橋わたる今の時のま惜しも

（七八年、「中央線の車中にて」）

（八二年歌会始、「橋」）

本物の富士ではないが、「讃岐の富士」「蝦夷富士」「津軽の富士」「八丈島西山」など各地の「富士」も詠まれている。

ひさかたの雲居貫く蝦夷富士のみえてうれしき空のはつたび

（五四年、「飛行機上より」）

暖かき八丈島の道ゆけば西山そびゆふじの姿して

（八二年、「八丈島にて」）

山の出てくる歌をいくつか挙げる。

大阿蘇の山なみ見ゆるこのにはに技競ふ人らの姿たのもし
（六〇年、「水前寺陸上競技場にて」）

から松の森のこずゑをぬきいでて晴れたる空に男体そびゆ
（六二年、「日光・小田代ケ原」）

しづかなる日本海をながめつつ大山のみねに松うゑにけり
（六五年、「鳥取県植樹祭」）

甫喜ヶ峯みどり茂りてわざはひをふせぐ守りになれとぞ思ふ
（七八年、「高知県植樹祭」）

山とは、古来、神道の信仰の対象でもあった。山や峰それ自身が「神体」とみなされたことも少なくない。山の霊気や霊力が直接歌われているわけではないが、富士を筆頭とする数多くの山の歌は、天空に向けてそびえ立つ山の姿をえがき、神々とのかかわりを暗示しているかのようである。

海のなかの「山」、すなわち島の歌が多いのも、昭和天皇の自然詠の特色の一つである。島や海中の岩にも、しばしば神がやどり、神体そのものとされる。須崎の用邸から眺められる伊豆大島がもっとも多く十首に達するが、となりの利島も好んで詠まれる。ほかの島では、淡路、佐渡、壹岐、平戸、天草、それに松島や屋島と多彩で、あわせて二十近い。厳密にいうと島ではないが、鹿児島県の桜島を詠んだ歌が五首ある。山や島に、あるいはそれらを望む土地に、多くの「歌碑」が建てられたことは言うまでもない。

「川」は「山」のほぼ半分、二十ほどが『おほうなばら』に現れる。歌の数でいうと「島」とほぼ同じか、やや少ない程度。二六年歌会始「河水清」の最上川の歌はよく知られている。

広き野をながれゆけども最上川海に入るまでにごらざりけり

このほかの川の歌も、似た境地のものが多い。

来て見ればホテルの前をゆるやかに大淀川は流れゆくなり

（五八年、「宮崎の宿にて」）

長良川鵜飼の夜を川千鳥河鹿の声の近くきこゆる

（六二年、「長良川の鵜飼」）

岸ちかく烏城《うじょう》そびえて旭川ながれゆたかに春たけむとす

（六八年、歌会始「川」）

「草木」、つまり植物の歌は、山や川よりもさらに多い。ざっと数えて、種類にして百四十あまり、松や杉のように植樹祭との関係から十首をこえる木もあれば、一首のうちに二種も三種も歌いこまれているのもあるので、歌の総数は百八十ほどにもなろうか。樹木と草本に分けると、ほぼ三対一で樹木の方が多い。

木を植うるわざの年々さかゆくはうれしきことのきはみなりけり

人々とつつじ花咲くこの山に鍬を手にして松うゑてけり

ともに五六年、山口県植樹祭の折りの歌である。「うれしきことのきはみ」とはやや大仰だが、植物の観察は、晩年にいたるまで、ときに細部にまで及ぶ。

わきいづる湯の口の辺に早く咲くみやまきりしまかたちかはれり

（六一年、「雲仙岳・地獄」）

雨はれし水苔原に枯れ残るほろむいいちご見たるよろこび
（六一年、「福島県・赤井谷地にて」）

武蔵野の草のさまざまわが庭の土やはらげておほしたてきつ
（六二年、歌会始「土」）

潮のさす浜にしげれるメヒルギとオヒルギを見つ暖国に来て
（七二年、「奄美大島・マングローブの自生地にて」）

春たてど一しほ寒しこの庭のやぶかうじの葉も枯れにけるかな
（七七年、「須崎の立春」）

都井岬の丘のかたへに蘇鉄見ゆここは自生地の北限にして
（七九年、歌会始「丘」）

沼原にからくも咲けるやなぎらんの紅の花をはじめて見たり
（八六年）

そしてこんな歌もある。

緑こきしだ類をみれば楽しけど世をしおもへばうれひふかしも

（七四年、「須崎早春」）

この前の年、七三年は第一次オイル・ショックと「狂乱物価」の年であった。「世を思ふ」歌は、八七年にいたるまで、折りにふれ事によせて詠みつづけられる。

〈鳥獣虫魚〉

生物学者としての著書もある昭和天皇は、さまざまな動物を観察し、歌にも詠んだ。観察・飼育と採集・標本づくりのどちらをより好んだかは明らかではないが、その両方が歌にも現れる。「鳥」「小鳥」とだけ書かれているもの以外に、三十種あまりの鳥が『おほうなばら』に見える。鳩、きじ、ほととぎす、鴨、かささぎ、山鳥、ひばりが複数の歌に詠まれ、ルリカケス、このはづくなど、野鳥が多い。「獣」は十種あまりで、内外の動物園などで見たものも含まれる。「虫」は爬虫類や両棲類、昆虫類、貝類、さらには外見が植物のような水棲動物など多彩で二十種あまり、「魚」は十種ほどになる。

動物ぜんぶを取りまぜて、制作年代順にいくつか拾い出しておこう。

しほのひく岩間藻のなか石のした海牛《うみうし》をとる夏の日ざかり
（四九年、「葉山」）

静かなる潮の干潟の砂ほりてもとめえしかなおほみどりゆむし
（五〇年、「四国、興居島」）

めづらしき海蝸牛《うみまひまひ》も海茸《うみたけ》もほろびゆく日のなかれといのる
（六一年、「有明湾の干拓を憂へて」）

飼ひなれしきんくろはじろほしはじろ池にあそべりゆふぐれまでも
（六五年）

わが船にとびあがりこし飛魚をさきはひとしき海を航《ゆ》きつつ
（六七年、歌会始「魚」）

筑紫の旅志布志の沖にみいでつるカゴメウミヒドラを忘れかねつも
（七〇年、「折にふれて」）

ロンドンの旅おもひつつ大パンダ上野の園にけふ見つるかな
（七三年、「上野動物園にて」）

オカピーを現《うつ》つにみたるけふの日をわれのひと世のよろこびとせむ
（七五年、「サンディエゴ動物園にて」）

いと聡きばんどういるかとさかまたのともにをどるはおもしろきかな
（八四年、「鴨川シーワールドにて」）

あぶらぜみのこゑきかざるもえぞぜみとあかえぞぜみなく那須の山すずし
（八八年、「那須」）

あかげらの叩く音するあさまだき音たえてさびしうつりしならむ
（八八年、「秋の庭（那須）」）

最後の「あかげらの」は、『おほうなばら』巻末の一首である。おそらく昭和天皇はこのころ、体の不調を自覚していたのであろう。「さびし」と直接に心情を表出したのも、孤独な寝覚めの実感から来たものと思われる。

それにしても、植物の場合にも見られたことだが、その名を詠みこむためにはかなりの字余りもためらわず、一首のなかに二種類、ときに三種類も登場するのは、対象への知識と関心の深さを示したものといえる。そのわりに、動物の生態が目に見える形で伝わってこない歌が大部分を占めている。対象の姿や動作の描写が不十分ということは、その自然観察が「実相観入」という段階には到達しておらず、表面・表層にとどまっていることを示唆していないだろうか。どうやら、昭和天皇のほんとうの関心は、動植物とは別のものにそそがれていたようである。

「人」の章

〈「民」・人びと〉

四五年八月以前と戦後初期の「民」や「国民」については、「あらたまの年をむかへて」や「戦のわざはひうけし」の歌を引いて、すでにあらまし述べた。「民」はまず統治の対象として、ついで各地の巡行による慰撫の対象として、それらの歌に現れた。

敗戦の年、四五年にもう一つ「民」に関する歌がある。

戦《たたかひ》にやぶれしあとのいまもなほ民のよりきてここに草とる

「皇居内の勤労奉仕」二首のうちの一首である。四五年一二月八日、宮城県栗原郡の男女約六十人の「みくに奉仕団」が皇居の庭で草刈りや清掃を無償でした。昭和天皇は「戦にやぶれ」と事態を明らかに敗戦として受けとめており、それでもなお、「民のよりきて」無償の奉仕をしたことに心を動かされた。このときのもう一首は、こうだ。

をちこちの民のまゐきてうれしくぞ宮居のうちにけふもまたあふ

戦後もかなり経つと、「人」「人びと」がより多く現れる。たとえば「相撲」（五五年）の歌がそうだ。

久しくも見ざりし相撲《すまひ》ひとびとと手をたたきつつ見るがたのしさ

六八年、たまたま「明治百年」にあたるこの年に皇居新宮殿が出来あがる。「宮殿竣工」と題する歌。

新しく宮居成りたり人びとのよろこぶ声のとよもしきこゆ

「とよもしきこゆ」る声は、おそらく万歳三唱であろう。同様の情景の歌が、翌六九年の「新宮殿初参賀」にもある。

あらたまの年をむかへて人びとのこゑにぎはしき新宮の庭

けれども、「民」が歌のなかに使われなくなったわけではない。

国民のさちあれかしといのる朝宮居の屋根に鳩はとまれり

（六六年、「鳩」）

七〇年、「七〇歳になりて」四首のうちの一首。

よろこびもかなしみも民と共にして年はすぎゆきいまはななそぢ

七六年の「在位五十年」にも、まったく同じおもむきの歌がある。

喜びも悲しみも皆国民とともに過《す》ぐしきぬこの五十年を

「喜びも悲しみも」とは、なにか映画の題名のような表現だが、「年はすぎゆき」「この五十年を」と詠まれるとき、そこには長い長い時間の経過が示されている。「五十年」とは、二六年から七六年まで、戦前・戦後をつらぬく期間であり、四五年はその中間の通過点にすぎなくなる。「民」「国民」という名づけ方も、戦前からの持ち越しである。戦時中、『万葉集』の中から復活していやというほど繰り返された古歌、「御民吾生ける験あり天地の栄ゆる時に逢へらく思へば」の「御民」＝天皇の臣民がそのころの「民」に求められた自覚であるならば、天皇の側からみた「民」は、一視同仁、ひとしなみに「大君」の恵みを受ける存在なのであった。その時期から一貫して「民」という表現が用いられている点にこそ、昭和天皇の「民」意識の連続性を見てとることができる。

でも、「国民と共に」は、国民と同列の一人になることを、かならずしも意味しない。天皇から国民に向けた詔勅が、それを物語る。大平洋戦争宣戦の詔書は、軍、官、民をあわせた「爾有衆《ナンジ》」に示されたものであり、終戦の詔書は、「爾臣民」に告げられた。いずれも第二人称の呼びかけである。後者が、当時の昭和天皇の真情を伝えているかどうかはさて措いても、その起草者は「朕ハ茲《ココ》ニ國體ヲ護持シ得テ……常ニ爾臣民ト共ニ在リ」と記し、昭和天皇はラジオ放送のためにその文言をそのまま読み上げた。戦後の四六年一月、いわゆる「人間宣言」の詔書もまた、「朕ハ爾等国民ト共ニ在リ」の一文を含んでいる。

〈皇祖皇宗〉

「人」「人びと」「諸人」など一般的な表現のほかに、特定の個人を詠んだ歌、特定個人にあてた歌など、具体的な人物の登場する歌も、『おほうなばら』におよそ百三十首ほどある。また、歴代天皇の何人かをまとめて呼ぶ「遠つおや」、第十六代仁徳天皇の陵を指すとみられる「ふるきみ陵」などの用例もある。

遠つおやのしろしめしたる大和路の歴史をしのびけふも旅ゆく

八五年歌会始「旅」の歌である。大和、奈良を詠むとき、まるで枕詞のように「遠つおやのしろしめしたる」が出てくるのは、「しろしめ」すことへの思いの表れかもしれない。

遠つおやのいつき給へるかずかずの正倉院のたからを見たり

（七九年、「正倉院」）

丘に立ち歌をききつつ遠つおやのしろしめしたる世をししのびぬ

（同、「甘樫丘にて　犬養孝古歌を朗詠す」）

歴代天皇では、第八一代安徳、第八四代順徳、第一〇八代後水尾、第一二一代孝明、第一二二代明治、の各天皇に関する歌がある。安徳、順徳など、悲運の天皇への思いがこめられた歌が目立つ。なお後水尾は昭和天皇に次ぐ最長寿の（ただし在位期間はずっと短い）天皇であった。

水底に沈みたまひし遠つ祖をかなしとぞおもふ書《ふみ》見るたびに

（五八年、「赤間神宮ならびに安徳天皇陵に詣でて」）

群を抜いて多いのは明治天皇を詠んだ歌である。

陵《みささぎ》も五十の年をへたるなり祖父《おほぢ》のみこころの忘れかねつも

（六二年、「桃山御陵」）

明治天皇の五十年祭に桃山陵に参拝しての作である。三首のうちの一首。さらに七〇年、明治神宮鎮座五十年祭に「明治天皇をしのぶ」歌がある。

おほぢのきみのあつき病の枕べに母とはべりしおもひでかなし

十年後の八〇年、「鎮座六十年にあたり明治天皇を偲びまつりて」が詠まれる。

外つ国の人もたたふるおほみうたいまさらにおもふむそぢのまつりに

その前年の七九年には「明治村を訪ねて」の歌。

人力車瓦斯灯などをここに見てなつかしみ思ふ明治の御代を

八八年正月、昭和天皇にとっては最後となった歌会始（題「車」）でも、明治の思い出が述べられていた。

国鉄の車に乗りておほちちの明治のみ代をおもひみにけり

「日本国有鉄道」の成立は日露戦争終了の翌年、〇六年のことだから、国鉄の車から明治時代を連想するのはあり得ることだが、「明治の御代」、「おほぢのみこころ」「おほみうた」と、祖父とその時代の昭和天皇への影響は、相当に大きなものがあったと推察できる。ちなみに明治天皇の誕生日、一一月三日が「明治節」と名づけられて、新年、紀元節（二月一一日）天長節（四月二九日）とならぶ四大祝日とされたのは、昭和天皇治世の最初、二七年のことであった。

明治天皇の正室・昭憲皇太后に関する歌は三首あり、いずれも追想の歌である。

わが祖母《おほば》は煙管手にしてうからからの遊をやさしくみそなはしたり

（六四年）

昭憲皇太后は昭和天皇にとって血縁の祖母ではないが、実の祖母である柳原愛子を詠んだ歌は見あたらない。そして父・大正天皇についても。

〈近親者たち〉

記者　次に大正天皇の思い出をひとつお聞かせください。
天皇　大正天皇とは、幼少の折、将棋を一緒にお相手したこともあるし、また天皇と一緒に「世界一周の歌」を歌った楽しい思い出も持っています。
　おたたさまから伺ったことでありますが、天皇は非常に詩文をよくされ、人名をよくご記憶になっているということをお話しになりました。（後略）

　七八年一二月四日、須崎用邸での記者会見の記録の一部である（『陛下お尋ね申し上げます』）。昭和天皇自身の幼少のころの経験と、「おたたさま」（母・貞明皇后）から聞いた「詩文」（漢詩か）と記憶力という間接の話とが、きちんと区分けして語られている。
　幼少のころから親と離れて暮らすのが、皇室の子女養育のしきたりであった。貞明皇后と昭和天皇のかかわりも同様で、八〇年九月二日、那須用邸での記者会見で、貞明皇后、照宮（東久邇）成子、秩父宮雍仁の思い出を問われ、こう答えている（前掲書）。

天皇　貞明皇后とは、終始一緒に暮す機会がなかったのでありますから、一般の家庭の人が母親に対する感じとは異なることがあると思いますが、私の気持ちは歌に詠んでいます。（後略）

貞明皇后に関する歌は近親者のうちもっとも多く、一七首ある。これに次ぐのが皇太子・継宮明仁親王の一四首で、その次ぎは皇長孫・浩宮徳仁親王五首となる。皇長子、皇長孫と、皇位継承を予定されている男子のことが関心の対象となっているのが見てとれる。

『おほうなばら』で貞明皇后を詠んだ歌が最初に現れるのは、四五年秋の作である。詞書は「母宮より信濃路の野なる草をたまはりければ」とあり、二首収められている。

わが庭に草木をうゑてはるかなる信濃路にすむ母をしのばむ

夕ぐれのさびしき庭に草をうゑてうれしとぞむおもふ母のめぐみを

五一年、「貞明皇后崩御」の三首が詠まれる。そのうちの第一首。

かなしけれどはふりの庭にふしをがむ人の多きをうれしとぞおもふ

「かなし」「うれし」が一首の起句と結句にあって、悲喜こもごもというのは、実感としてありうることだが、母の死という場面での心の動きとしてはいささか奇妙だ。これは「終始一緒に暮す機会がなかった」ためだろうか。

貞明皇后についてはこのあと、折りにふれて追想の歌が詠まれ、夢にまで出現したことも記されている。七八年歌会始（題「母」）でも追想の歌が披露される。

　母宮のひろひたまへるまてばしひ焼きていただけり秋のみそのに

良子皇后が直接詠まれている歌は、一首しか載っていない。七一年のヨーロッパ訪問中、ロンドンの動物園での作がそれである。

　この園のボールニシキヘビおとなしくきさきの宮の手の上にあり

単なる写生にすぎないのか、それとも何か寓意があるのか、この歌からはわからない。同じ場所でカメレオンを詠んだ次ぎの一首が載せられており、一対の歌と見てよいが、それでも含意は読みとりにくい。

　緑なる角もつカメレオンおもしろしわが手の中におとなしくゐて

風景に託して、良子皇后のことを詠んだ歌が、ほかに三首ある。抑えた表現だが、作意は明瞭である。

なつかしき猪苗代湖を眺めつつ若き日を思ふ秋のまひるに

六一年、「福島県視察・翁島の宿にて」と詞書にある。「若き日」とは二四年、新婚の良子妃とともに夏のひと月を猪苗代湖畔の翁島ですごした日々であり、いわば新婚旅行の地として「なつかしき猪苗代湖」なのであった。夫妻は有栖川宮家の別邸「天鏡閣」に滞在した。そして七〇年の福島県植樹祭の際、ふたたび猪苗代湖が詠まれる。

松苗を天鏡台にうゑをへていなはしろ湖をなつかしみ見つ

（「磐梯」）

天鏡台という地名は、天鏡閣への連想をよびおこしたことであろう。その天鏡閣を、八四年九月、昭和天皇夫妻はふたたび訪れる。

むそぢ前に泊りし館の思出もほとほときえぬ秋の日さびし

（「天鏡閣」）

「思出もほとほときえぬ」とは、昭和天皇の記憶のことではなく、良子皇后の心の状態のほうである。昭和天皇はこの年八月末の記者会見で六十年前の猪苗代湖の思い出を尋ねられ、「自分で馬車を御して、それに皇后を乗せたり、モーターボートの『浦安号』で湖水を一周したり、ゴルフやテニスに興じたりして楽しく暮しました。」(『陛下、お尋ね申し上げます』)と語っている。老病で公式の場に出なくなって久しい良子皇后は、曽遊の地への旧婚旅行をしたものの、特別の感興を示さなかったようである。「秋の日さびし」の結句は、昭和天皇の胸中の寂しさをそのまま表現したものであった。

昭和天皇の三人の弟宮、秩父宮雍仁、高松宮宣仁、三笠宮崇仁についての歌も、いくつかある。秩父宮のは追想、高松宮のは重病と知らされたときの感懐で、年齢の離れた三笠宮は、次ぎの一首に見えるだけである。

わが庭の竹の林にみどり濃き杉は生ふれど松梅はなき

(八七年、「しるしの木にたぐへて兄弟のうへをよめる」)

「若竹」は昭和天皇自身の、「杉」は三笠宮崇仁の「しるしの木」である。すでに亡い「松」は秩父宮雍仁の、「梅」はこの年二月に死去した高松宮宣仁の「印」であった。

昭和天皇の子のうち、成人したのは二男四女である。出生順に記せば、長女照宮(東久邇成子、三女孝宮(鷹司)和子、四女順宮(池田)厚子、長男継宮明仁、次男義宮(常陸宮)正仁、五女清宮(島津)貴子となる。継宮明仁についての歌がもっとも多く、四女、次男、長女とその家族の順で、五女は結婚に際しての一首、三女についての歌は載っていない。

長男、「日の御子」が最初に姿を見せるのは、五二年の「立太子礼」である。

このよき日みこをば祝ふ諸人のあつきこころぞうれしかりける

翌五三年、皇太子はエリザベス英女王の戴冠式を祝うためヨーロッパを旅した。

皇太子のたづねし国のみかどとも昔にまさるよしみかはさむ

すこやかに空の旅より日のみこのおり立つ姿テレビにて見し

（「帰朝」）

日本でテレビ放送が始まったのは、この年二月のことだった。テレビは昭和天皇の歌のなかにしばしば登場し、皇太子の結婚と義宮正仁の結婚の模様は、テレビで見ていたことがわかる。

皇太子の婚約を喜ぶ歌（五八年）。

けふのこの喜びにつけ皇太子につかへし医師《くすし》のいさををを思ふ

五九年、結婚の際の歌に次ぎの二首がある

あなうれし神のみ前に皇太子のいもせの契りむすぶこの朝

皇太子の契り祝ひて人びとのよろこぶさまをテレビにて見る

明仁皇太子の「結婚の儀」とその後の馬車によるパレードの中継は、日本のテレビ放送史上、一時期を画するほどの出来事だったから、「テレビ」が歌われて不思議ではないが、もう一つの歌に「神」が出てくることに注目したい。式は宮中三殿の一つ、天照大神を祀る賢所で挙げられたわけで、わたしたちが仕来りで三三九度の「盃ごと」をするのとはわけが違う。神の存在はきわめて重いのである。

(正田)美智子妃が、これらの歌では「ひのみこ」の婚約者、配偶者として現れているものの直接に詠まれる対象となっていないことにも、注意を払ってよいだろう。この視点は皇長孫浩宮徳仁が誕生してからも次ぎの歌に見られる。

山百合の花咲く庭にいとし子を車にのせてその母はゆく

(六〇年、「はじめての皇孫」)

おそらく乳母車であろう、皇孫をのせて「その母」が庭をゆく。「その母」の姿は描かれていても、詞書は「皇孫」である。

もう一つ、七六年一二月、昭和天皇在位五十年を皇太子一家が祝った「東宮御所の祝」のうちの一首。

鮮やかなるハタタテハゼ見つつうからららとかたるもたのしはすにつどひて

「うからら」＝親族の一人としての皇太子妃――その像はさだかでない。

娘たちのうち池田厚子を詠んだ歌が多いのは、六三年から二年間ほど大病をしたためと思われる。「厚子病気全快」三首のうちの一首。

背のねがひ民のいのりのあつまりてうれしききはみ病なほりぬ　（六五年）

長女の東久邇成子に早く先立たれた昭和天皇にとって、四女厚子の快癒が「うれしききはみ」だったことは想像できる。ただ、背の君の願いはよいとしても、「民のいのり」が届いたとわざわざ言挙げするのは、いささか不自然に響く。「民」という言葉の使い方が戦前からのものだということも一面にあるが、池田隆政と結婚したあとの厚子は、やはり「民」の一人なのではないか。

東久邇成子については、その子、さらに孫までが歌の対象となっている。皇族の身分からすでに離れている人たちだが、昭和天皇の愛着は強かったのであろう。

親族ではほかに、叔母にあたる北白川宮成久王妃房子（「十年祭」）、皇孫の一人である紀宮清子に関する歌がある。皇族で直接には詠まれていないのは、皇孫礼宮（秋篠宮）文仁と三笠宮崇仁の子女たちである。

〈「外つ国のをさ」〉

エリザベス英女王のことが「皇太子のたづねし国のみかど」として詠まれているのはすでに見たが、五六年一一月、エチオピア皇帝ハイレ・セラシエ一世が戦後初めての国賓として日本を訪れる。

外国《とつくに》の君をむかへて空港にむつみかはしつ手をばにぎりて

エチオピア帝国も、悠久の昔から一系の皇統を誇る国であった。なお日本の国連加盟はこの年十二月のことで、国際社会への復帰とともに、いわゆる「皇室外交」が本格化してくる。

しかしハイレ・セラシエは悲運の皇帝となった。七四年、革命によって皇帝は廃位、エチオピアは共和国となり、翌七五年、内戦など混乱のさなか廃帝は殺害される。

永き年親しみまつりし皇帝の悲しきさたをききにけるかな

（七五年、「ハイレ・セラシエ　エチオピア皇帝を悼む」）

五八年、フィリピンのガルシア大統領夫妻が訪日し、歌が三首詠まれる。その第一首。

外国《とつくに》のをさをむかへついさかひを水にながして語らはむとて

「いさかひ」とは、個人の争いなどではなく、太平洋戦争にほかならない。「皇軍」はフィリピンに上陸し、占領・支配し、戦争の最終局面では、そこを苛烈な戦場にした。軍の行状について昭和天皇はおそらく戦中にも、とくに戦後は、十分に知る機会があったろう。人道にもとる数々の行為の実行者・責任者は、戦争犯罪人として処罰・処刑された。「水に流して」とは、いかにも、そしてあまりにも、軽い言葉である。「いさかひ」がもたらした傷跡は、もっとずっと深いものだった。そのことも昭和天皇の意識には影を落としていただろう。そのためか第二首は、やや異なる心境の表白となった。

戦《たたかひ》のいたでをうけし外国のをさをむかふるゆふぐれさむし

国賓との会見では、ほかにアレキサンドラ英王女、フォード米大統領が詠まれている。七一年のヨーロッパ、七五年の米国訪問のときの歌も、王家でなければ大統領、州知事といった「をさ」が固有名詞としてたびたびあらわれる。ともに皇太子として知り合ったウインザー公（もとエドワード八世）とのパリでの再会は、次ぎのように歌われる。

若き日に会ひしはすでにいそとせまへけふなつかしくも君とかたりぬ

二つの旅行中、歴史上の人物として、ナポレオン一世、ジョージ・ワシントン、エイブラハム・リンカーンといった「をさ」の事跡が回想される。「ワシントンの私邸にて」の歌。

在りし日のきみの遺品を見つつ思ふをさなき頃にまなびしことなど

次ぎの歌は、やはり間接に歴史上の人物を回想したものである、詞書は「フランス　ホテル・クリヨンよりコンコルドの広場を眺む」。

この広場ながめつつ思ふ遠き世のわすれかねつる悲しきことを（七一年）

フランス革命のとき、この広場はギロチンのしつらえられた公開の処刑場であり、多くの人が生命を失った。「わすれかねつる悲しきこと」が誰についての追想かはふれられていないが、刑死者のうちもっとも著名な、フランス王ルイ十六世とその妃マリー・アントワネットの影がおのずと浮かび上がる。

「をさ」以外の外国人についての歌も、少数ある。その一人は「三浦按針」という日本名をもつウィリアム・アダムズであり、もう一人はもとGHQ外交局長のウィリアム・J・シーボルトである。

そのむかしアダムスの来て貝とりし見島をのぞむ沖べはるかに

（六三年、「笠山」）

わが国にてしりしなつかしきシーボルトここに来たりて再びあひぬ

（七五年、「リンカーン記念堂にて」）

〈贈歌・追想・挽歌〉

歴代天皇や親族以外で、『おほうなばら』に固有名詞の見える日本人は二十名を越える。歴史上の人物である徳川斉昭を別にすれば、すべて昭和天皇とかかわりのあった人で、湯川秀樹、犬養孝の登場する歌はすでに引いた。

『おほうなばら』の歌で最初に出てくる人物は、陸軍大将・白川義則である。三三年三月三日の日付のある、「一年前のことを思ひいでて鈴木侍従長をして白川大将の遺族に贈れる歌」がそれである。


をとめらの雛まつる日に戦をばとどめしいさを思ひ出でにけり

一年前の三月、白川義則は上海派遣軍の司令官であった。三二年一月末、日本軍は上海で国民政府軍と戦い、強力な抵抗に遭った。「肉弾三勇士」で知られる「上海事変」である。国際連盟は二月、日本に対し、上海での戦闘行為をやめよと警告した。三月三日に日本軍は戦闘停止を発表、双方の交渉ののち、五月五日停戦協定が調印された。

これに先立つ四月二九日、上海・虹口公園で催された「天長節」祝賀会に出席した白川義則は、朝鮮独立の運動家・尹奉吉《ユンボンギル》の投じた爆弾で致命傷を負い、五月二六日死亡した。昭和天皇の誕生日を外地で祝うことが、悲劇の一因となった。遺族はおそらく、鈴木貫太郎侍従長が伝達の労をとった「御製」に接して、光栄に思ったことであろう。贈歌でもあり挽歌ともいえる。ただしこの歌は「戦をばとどめしいさを」という表現のせいか、戦時中は公表されなかった。

湯川秀樹が歌に詠まれたのが五〇年。その次ぎは五五年、神奈川県三ッ沢の国体会場での平沼亮三・横浜市長になる。

松の火をかざして走る老人のをしきすがた見まもりにけり

戦後の初期にながく首相をつとめた吉田茂については、贈歌と見られる一首と挽歌二首とがある。

往きかへり枝折戸を見て思ひけりしばし相見ぬあるじいかにと

五五年、「小田原に往復の折、吉田茂元首相の家の前を通りて詠める」と詞書にある。吉田茂が政権を投げ出したのは、五四年の造船疑獄への対応に失敗したためで、その翌年にこの歌が詠まれたことになる。

吉田茂は、昭和天皇に対し「臣茂」とみずから称したことで知られるように、臣下としての謹直な態度をとりつづけた。三六年の二・二六事件当時の内大臣であった牧野伸顕の娘むこでもあったから、昭和天皇が吉田茂に親近感をいだいたことは自然でもあろう。

六七年、「吉田茂追憶」の二首がある。

君のいさをけふも思ふかなこの秋はさびしくなりぬ大磯の里

外国の人とむつみし君はなし思へばかなしこのをりふしに

政治家ではほかに、西園寺公望を追想する歌が二首ある。祖父・明治天皇と同世代の人であり、九十歳まで「元老」として長寿を保ったこの人は、昭和天皇には近しい存在であった。

そのかみの君をしみじみ思ふかなゆかりも深きこの宿にして

（五七年、「静岡県の旅　水口屋にて西園寺公望を思ふ」）

南方熊楠、畑井新喜二、牧野富太郎など研究者への追想、佐藤達夫をはじめ身近な人びとの死に際しての挽歌など、晩年になるほど、個人名が多く現れる。とくに八〇年代は、侍従、もと侍従などの死が相次ぎ、さびしさを詠む歌がふえていった。ながく侍従長を勤め、八五年に任期を一日残して急死した入江相政への挽歌はなぜか見られない。

挽歌をいくつか挙げる。

国のためひとよつらぬき尽したるきみまた去りぬさびしと思ふ

（八一年、「出光佐三逝く」）

義宮に歌合せなどを教へくれし君をおもへばかなしみつきず

（八三年、「木俣修逝く」）

知恵ひろくわきまへ深き軍人のまれなる君のきえしををしむ

（八六年、「後藤光蔵元侍従武官の死去」）

最後に詠まれた挽歌は、八七年、「酒井恒博士逝く」の二首だった。そのうちの一首。

船にのりて相模の海にともにいでし君去りゆきぬゆふべはさびし

〈「終戦二首」か「終戦四首」か〉

『おほうなばら』には、四五年「終戦時の感想」として次ぎの二首が収められている。

海の外《と》の陸《くが》に小島にのこる民のうへ安かれとただいのるなり

爆撃にたふれゆく民の上をおもひいくさとめけり身はいかならむとも

ところが、鈴木正男は『昭和天皇のおほみうた』で、これにつづけてさらに二首をあげ、「終戦時の大切な……四首の御製のうち、どういふわけか、三首目と四首目の二首が欠落してゐる」と書く。三首目、四首目は、次ぎの歌である。

身はいかになるともいくさとどめけりただたふれゆく民をおもひて

国がらをただ守らんといばら道すすみゆくともいくさとめけり

鈴木正男は三首目と四首目の歌が、木下道雄『宮中見聞録』(六八年、新小説社)によって世に知られるようになった、としている。木下道雄は、華族の出身ではないが、昭和天皇の皇太子時代に東宮侍従となり、天皇となってからもしばらく侍従として勤めたほか、四五年一〇月から四六年五月まで侍従次長として二度目の宮中勤めをし、退任後は長いこと皇居外苑保存協会理事長の職にあった。七四年、八七歳で没した。

『宮中見聞録』には、四首の歌について次ぎのような記述がある。

「昭和二十年八月十五日、終戦のときにも私は会計審査局にいたから、当時の陛下の御様子を語る資格はないが、当時お詠みになったお歌を後で拝見させていただいたので、四首ここに載せさせていただく」。四首の順序は、「爆撃に」「身はいかに」「国がらを」、そして四首目は『おほうなばら』所載のものと少し言葉が違っている。

外国と離れ小島にのこる民のうへやすかれとただいのるなり

「海の外の陸に小島に」のほうが、口調がなめらかなようだ。

一般に、ある人の歌が歌集に収められないとき、三つほど理由が考えられる。

1 本人の作品でない場合。

2 本人または編集者が、作品としての完成度が低いと考える場合。

3 本人または編集者が、何らかの理由から公表が適当でないと考える場合。

昭和天皇本人に確かめることはできないし、編集者は「宮内庁侍従職」と称する組織だから、見解を聞きにくく、だいいち、歌集の編集が侍従職の責務に含まれるかどうかも疑わしい。そこで、利用できる資料から、二首の削除の理由を探ってみる。

木下道雄は、四五年一〇月二三日から四六年六月九日までの日記を、『側近日誌』と題して残していた。歿後、高橋紘の努力と遺族の同意によって遺著として単行本『側近日誌』が文藝春秋社から刊行された。四五年一二月一五日の記載。

「次で聖上に拝謁。」

一、御製を宣伝的にならぬ方法にて世上に洩らすこと、御許を得たり。

終戦時の感想

(以下「爆撃に」「みはいかに」「国からを」「外国と」の四首を記載)」

一二月一七日、木下道雄は大金益次郎宮内次官にこの四首を見せる。「(外国の) の一首、新年に発表しては如何との意見なり。」

ついで一二月二九日の記述。

「御製を発表す。

海の外の　陸に小島にのこる民の上安かれと　た、いのるなり」

四首の歌がまとめて木下道雄に示されたこと、そのうちの一首が推敲されて「海の外の」となり、年内に発表されたことは、木下道雄の『日誌』を信じるかぎり、事実である。四首ともに、昭和天皇の作品なのである。

このことを裏書きする事実を、九七年二月、朝日新聞社から刊行された、徳川義寛『侍従長の遺言――昭和天皇との50年』に見いだすことができる。

徳川義寛は、三六年一一月に昭和天皇の侍従となり、六九年に侍従次長。入江相政侍従長の急死後、八五年侍従長となり、八七年侍従職参与として昭和天皇の側近にあった。ジャーナリストの岩井克己が九四年一月から九五年暮れまでの間、六十回ほど徳川義寛と面談して聞き取りをしたが、九六年二月の徳川義寛の死によって中断、岩井克己による「聞き書き」の形で一冊の本になった。徳川義寛自身はこの聞き書きに目を通さなかったようである。

「陛下が、終戦について詠まれた歌」について、徳川義寛はこの本のなかでこう語る。

「『側近日誌』で木下道雄さんが記録しておられる。ただ、木下さんの日記も困ったもので、陛下の歌を草稿のまま写しておられるんです。

〈爆撃に……〉これはいいんです。

〈みはいかに……〉これはいけない。「みはいかになるとも」が初めに来ちゃあいけない。

〈国がらを……〉これもいけない。〈発表を〉やめた歌なんです。

〈外国と……〉これは違う。〈海の外の……〉が正しいものです。

御製は入江相政さんや私が拝見し整えて、木俣修御用掛にも見ていただく。〈発表を〉とカッコつきで補ったのは岩井克己である。「国がらを」の歌を「やめた歌なんです」という徳川義寛の言葉の上に「正しいもの」が残され、「やめた歌」が切り捨てられる過程が、この聞き書きに示されているわけである。入江相政、徳川義寛、木俣修という修整者のどこかの段階で、たあとが見られるが、「終戦四首」については明記されていない。ただしこの時期には、木俣修ではなく、鳥野幸次・御歌所寄人が最終の修整者だったようだ。入江相政が遺した「日記」にも、戦中、戦後を通じ、「御製」の修整にかかわっ

それはそれとして、この年、昭和天皇は四首の草稿を木下道雄に示し、木下道雄はそのまま写しとった。「やめた」歌になるのはその前か後かわからないが、昭和天皇の真作であることには変わりがない。「国がらを」や「身はいかに」が、石や金属板に彫りこまれ、歌碑として日本のあちこちに建っているのも、また現実である。

徳川義寛は「おほうなばら解題」を書いて『おほうなばら』に載せたが、そのなかで終戦時の天皇について次ぎのように記した。

「陛下は国民を信頼し、正義に基づく勇気と温かく深い思いやりをお示しになった。詔書では海外に残る軍・民多数の人達の身の上を気づかい、万世のために太平をひらく御決意をお述べになった。

海の外の（前出）

爆撃に（前出）

二首は終戦時の御感想であった。」

このように、「終戦四首」が「終戦二首」になった事情に、徳川義寛は浅からずかかわっている。それが修辞上のことか内容への判断なのか、「やめた」理由はもはや聞かれない。「爆撃に」の歌と「身はいかに」の歌は、内容、表現とも似かよっている。「爆撃」という事象が詠まれている分だけ具体的ともいえるが、そのかわり、二句、三句、結句がそれぞれ字余りで、結句にいたっては九字、読みようによっては、くどく、押しつけがましい感じさえする。「身はいかに、が初めに来ちゃあいけない」という徳川義寛の判断は、和歌のたしなみのある人だけに、聞くべきところがあるのかもしれないが、読む者の好みによって評価に差が出よう。

修辞上の理由で、四首のうち二首が削られたということはあり得る。「ただ」という副詞が、第一首、第三首、第四首と三ヵ所で使われ、また、第二首と第四首に「いくさとめけり」、第三首に「いくさとどめけり」と類似の表現がある。第三首と第四首が削られたことで、「ただ」は第一首のみ、「いくさとめけり」は第二首のみに残ったことになる。

まず、三つの「ただ」を比較してみる。

「うへ安かれとただいのるなり」（第一首）
「ただたふれゆく民をおもひて」（第三首）
「国がらをただ守らむと」（第四首）

並べて見ると、第三首は少しぐあいが悪い。「ただ」が「たふれゆく」を修飾するのか「民をおもひて」を修飾するのか、意図はおそらく後のほうだろうが、二様にとれるのである。その点第一首、第四首は明快である。

次に、「いくさとめけり」と「いくさとどめけり」の比較。同じ意味に使われているが、「いくさとめけり」のほうが響きが強い。連合国のポツダム宣言の受諾は、最高戦争指導会議では決まらず、昭和天皇がみずから決断した。戦争を「とめる」ことは、天皇の大権に属することがらでもあった。

第二首と第四首の「いくさとめけり」は、関連してはいるものの明らかに別々の根拠に立っている。第二首は「民の上をおもひ」であり、第四首は「国がらをただ守らんと」となる。「民」と「国がら」とはどう見ても同一ではない。修整者たちは「国がら」の歌を「やめた歌」にすることを決めた。昭和天皇がそれに同意したかどうかはわからない。

一方で木下道雄は「宣伝的にならぬ方法にて世上に洩らすこと」の許可を得た、と『側近日誌』に書いた。

昭和天皇の「草稿」に記された「終戦時の感想」は、以上のように四首あったと推定できる。したがってここでは、その四首すべての内容にわたって、この重要な年の重要な時点での昭和天皇の意識を探ることにする。

そこで第一首「海の外の」である。三句目の「のこる民の」が、修整者は気づかなかったのかもしれないが、大いに問題だとわたしは思う。「のこる」民ではない。「残された」、さらに正確にいえば「置き去りにされた」民が、そのときの現実であった。自発的に海外の陸地や小島に「残った」日本人は、一人もいなかったわけではないが、ごく少数にすぎなかった。昭和天皇は、たとえば「残置諜者」として小島に残った小野田寛郎のような存在を念頭に置いて「うへ安かれ」と祈ったわけではない。数百万に達する海外の民間人、そして部分的には軍人が、安全でいるようにと念じたのだった。勝算のない戦いを長い長い間つづけ、撤退の方策もその手段もなく、置き棄てられた「民」——それが大多数だった。敗戦の日が近いことを知った高級軍人・官僚は、つてを頼り軍用機などに乗って「内地」に帰ることもできたが、日本の「必勝」を信じこまされていた大多数の「民」は、敗戦の混乱を自力で生き延び、故国にたどり着くために、語りつくせぬほどの苦労を重ねなければならなかった。おおぜいの人が死んだ。「民のうへ安かれ」と祈ることは、祈らないよりは良いだろうし、敗戦国の君主にとっては祈る以外の方法はなかったかもしれない。だが、「残された」存在を「のこる」と言いかえるとき、こうした事態を招いた側の主体は、かぎりなく希薄なものとなっていないだろうか。微妙な意味のずれを伴うこの表現に、昭和天皇の意識ないし下意識が反映されている、と見るのは読み込みすぎだろうか。

第二首「爆撃に」と第三首「身はいかに」に共通するのは、「たふれゆく民」と、その上に思いをはせて「身はいかになるとも」「身はいかならむとも」戦争を終結させた自身を対置する言述である。太平洋戦争末期、米軍による爆撃、焼夷弾攻撃は、日本列島に住む「民」を日夜苦しめつづけた。それでも軍部は「本土決戦」を準備し、長野県松代にひそかに建設した地下要塞に「大本営」を移すことまで計画していた。

四五年九月九日、昭和天皇は疎開先の明仁皇太子にあてて、次ぎの一節を含む手紙を書いた、といわれる（この手紙は八六年四月、共同通信が全国のマス・メディアに配信した）。

「戦争をつづければ　三種神器を守ることも出来ず　国民をも殺さなければならなくなったので、涙をのんで、国民の種をのこすべくつとめたのである」

天皇家に代々伝わる鏡・剣・璽の「神器」を守ることは、かならずしも昭和天皇個人の身を守ることとはならないが、皇位は継承されるべきであり、「国民の種」は残すべきである——やがて皇位継承を予定される一一歳の長男に、「いくさとめけり」の理由を昭和天皇はこう伝えた。この時点では、敗戦を招いた「身」のあり方を、真剣に考えていたと思える。第二首の調べに流れる一種のわざとらしさについては前に少しふれたが、にもかかわらず、建前をこえた実感がこの歌にはこもっていると見てよい。

第四首の「国がらを」は、終戦決定のもう一つの根拠と、苦難を承知で国がらを守ろうとする昭和天皇の決意とを、率直に述べた歌である。「国がら」が具体的に何をさすかは、歌ではふれられない。しかし、八月一五日以来、新聞がラジオが、なにかの呪文のように繰り返していた「国体護持」の「国体」と密接にかかわる、あるいは同義の言葉であることは否定できない。そうした意味での「国体」は、新しい憲法の輪郭が明らかになるころからしだいに使われなくなり、いつの間にか国民体育大会の略称に変わってゆく。

「国がらを」の歌は何者かによって消去された。「民」への思いが前面に打ち出された。歌集の編集方法としては、それは肯定されえよう。だが、それは、当時の昭和天皇の意識の半面にすぎない。「国がらを守る」ことと「民」を思いやることは、昭和天皇の内部で、なんら矛盾することなしに両立しえたのだ。危機的な状況のもとで顕れる両面性。昭和天皇の心の姿は、「終戦二首」ではなく「終戦四首」のなかに、くっきりと描き出されている。

〈いくさ、いたつき〉

「戦ひて共にいたつきし」西ドイツの人びとの歌、「戦にやぶれしあと」「草とる民の歌、さらに「いくさとめけり」の歌と、戦争をめぐる歌をいくつか見てきた。もう一つ、見のがせない歌がある。七一年、ヨーロッパ訪問に出発する直前の作で、伊勢神宮に参拝しての所感と見られる。

戦をとどめえざりしくちをしさななそぢになる今もなほおもふ

「くちをしさ」という感情の表出は、昭和天皇の歌では異例のものである。この歌以外には、もう一首、最晩年の作に「くやしくもあるか」という慨嘆の一句があるだけである。

訪問先のヨーロッパでは、英国、オランダなど太平洋戦争を戦った国ぐにで、昭和天皇の戦争責任を非難する動きがあり、新聞でもそのことが報道されていた。伊勢神宮に旅の無事を祈っても、なお気がかりが残った。「いくさとめけり」とは言ってみても、戦争へと突き進んでゆく三〇年代の日本を、昭和天皇は「とどめ」ようとしなかった。立憲君主のつもりでいた昭和天皇は、政府の決定に従って大権を行使し、軍部の独断・独走さえ、結局は追認した。四一年の対米英宣戦のとき、引き返しのきかない道にふみこんだことの自覚は乏しかったようである。太平洋戦争中の言動については、複数の関係者によるさまざまの記録があるが、記述者の立場によって、好戦的だったか平和愛好的だったかはまちまちである。

太平洋戦争の開始から三〇年、七十歳の昭和天皇は、「戦をとどめえざりしくちをしさ」を噛みしめねばならなかった。「とどめえざりし」は、とめようとしたが、とめることはできなかったという意味合いを含む。戦後の昭和天皇は、外国人記者を含む他人から開戦の意思について尋ねられたとき、同様の弁明をするのが常だった。連合国による東京裁判から除外されたことによって、十五年に及んだ昭和の戦争のすべての過程から免責され、法の上では決着がついていた。しかもなお、責任をめぐって内外から疑義がたえず提起され、「くちをし」い思いが昭和天皇の心のうちに堆積した。

「くちをしさ」は、反省・後悔を意味するのか、それとも静かに秘めた怒りの感情なのか、どちらともとれる複雑微妙な表現である。その微妙さこそが、戦争にかかわり、しかも戦後を天皇のまま生き抜く、昭和天皇の独特な個性の顕れでもあった。

「いたつき」という言葉が使われた歌は、「戦ひて」を含めて『おほうなばら』に十五首ある。この言葉も複数の意味を持つのだが、昭和天皇の好んで使う表現の一つとも考えられる。

　料の森にながくつかへし人々のいたつきを思ふ我はふかくも

四七年、「帝室林野局の農林省移管」四首のうちの一首である。ねぎらいの挨拶である。

　新米を神にささぐる今日の日に深くもおもふ田子のいたつき

五四年、「新穀」二首のうちの一首。「田子」は農民のことである。一〇月一七日、戦前と同様に戦後も、その年の新米を神にささげる「神嘗祭」が行われていることがわかる。稲作にまつわる神事は、ほかに田植え、稲刈り、新嘗祭（新米を天皇が初めて食する、一一月二三日「勤労感謝の日」の儀式である）などがある。日本を「瑞穂の国」と呼ぶ伝承は、二千年を経て神事のなかに生きている。

　この子らをはぐくむ人のいたつきを思ひてしのぶ十とせのむかし

五五年、「社会福祉法人エリザベス・サンダース・ホーム」の詞書がある。「十とせのむかし」

は十年前に戦災孤児を数多く作りながら太平洋戦争が終わったことを指す。

さちうすき人の杖ともなりにけるいたつきを思ふけふのこの日に
（五七年、「四十周年記念に際し全国民生委員に」）

たふれたる人のいしぶみ見てぞ思ふたぐひまれなるそのいたつきを
（五七年、「佐久間ダム」）

「いたつきを思ふ」対象となったのは、植樹祭などで苗木を植える人びと、工場で働く若い女性たちなど、各地各層に及ぶ。八〇年代には、警察の「いたつき」も詠まれる。

新しき館を見つつ警察の世をまもるためのいたつきを思ふ
（八一年、「警視庁新館を見て」）

八八年、体調不良の昭和天皇の治療にあたった医師への歌もある。

くすしらの進みしわざにわれの身はおちつきにけりいたつきを思ふ

目くばりの広い挨拶の歌のかずかずだが、その挨拶はどこか、封建時代の殿様の「大儀であった」という口調に似通うものがある。あらゆるものへの目くばりは、最上位の者にとって必要であり可能でもあるのだが、挨拶はねぎらいにとどまり、「お上」から「民」にたまわった言葉になってしまう。それは天皇という地位と立場から導かれる、必然の姿勢でもあった。

声調の章

声調とは、韻律、調子、あるいは格調とほぼ同じ意味を持つ言葉である。調子と言うと少し軽すぎる感じがするし、格調と言ってしまえばその高さ低さをあげつらうようにも受けとられかねないので、声調という無難な用語をここでは使う。

昭和天皇の歌いぶりは、これまでに見たように、平明といえる。小むずかしい言い回しはほとんど見られない。とはいっても、和歌の技術に無頓着だったわけではない。係り結びは文法に従っており、句切れの工夫や倒置などを用いて、意味を強めようとしている例も、随所に見られる。

しかしそれにもまして、字余りの歌の多いことが、昭和天皇の作品に目立つ。ざっと計算して、『おほうなばら』所載の八六五首のうち、字余りの句を含む歌は、三六〇首、四一・六％に達する。「ざっと計算」というのは、たとえば「思ふ」という用辞を「おもう」と訓むか「もう」と訓むかで、字余りになるかどうかが変わってくるからである。多少の出入りを勘定に入れても、四割を下回ることはない。しかもそのうち、二句以上に字余りがある歌が九〇首、全体の一割をこえている。うち三句字余りが二〇首、四句字余りというものまである。

和歌の定型は五・七・五・七・七の三一音である。字余り、字足らずは破調ということになる。これまでに引いた歌も、字余りの句を含むものが少なくない。たとえば皇太子一家との団らんを詠んだ「鮮かなる」は六・九・五・七・八の三五音、「終戦四首」の「爆撃に」は、五・八・六・七・九の三五音だった。終戦を詠んだ作のうち歌碑になっているのは、『おほうなばら』から除外されている定型の「身はいかに」が圧倒的に多い。「爆撃に」の破調は歌碑を建てようとする人たちから敬遠されているようである。

ついでに字足らずの句はどうかというと、まぎらわしいのは一首だけで、八六四首はすべて定型か字余りの句で構成されている。

問題の一首は、六二年の和歌山県巡行の際、南方熊楠を追想した次ぎの歌である。

雨にけぶる神島を見て紀伊《き》の国の生みし南方熊楠をおもふ

起句と結句は一音ずつの字余りだが、第二句の「神島」をどう読むかである。二九年六月、昭和天皇は田辺湾に浮かぶ小さな無人島・神島に上陸し、粘菌の採集を試みたが、雨のためか天皇用に道を急造したためか、成功しなかった。そのあと軍艦「長門」に戻り、南方熊楠の進講を受けた。六二年の歌は「雨にけぶる神島」を見ての回想である。

「神島」は、この土地では「かしま」と呼ばれる。昭和天皇がそれを記憶していなかったか、あるいは例の修整者たちが、「かみしま」か「こうしま」と読みちがえたかして、この歌となった。

それはともかく、字余りが多いとさきに書いたが、よく知られている『小倉百人一首』と比較してみよう。これは『古今和歌集』から『続後撰和歌集』までの十集から百人の歌を選んだもので、ほぼ平安期の和歌の声調を示すとみてよいだろう。持統天皇や山部赤人の作は、万葉集に初出するが、百人一首では少し形が変わっていることも周知のとおりである。

字余りを含む句をもつ歌は三三首（読み方によっては三四首、このうち二句の字余りは次ぎの二首、あるいは三首にすぎない（むろん三句字余りは一首もない）。「田子の浦にうちいでてみれば白たへの富士の高嶺に雪は降りつつ（山部赤人）」、「今こむといひしばかりに、長月の有明の月をまちいでつるかな（素性法師）」、「みかきもり衛士のたく火の夜はもえて昼は消えつつ物をこそ思へ（大中臣能宣）」。このうち「みかきもり」の第三句は、「夜はもえ」か「夜はもえて」か説が分かれている。いずれにしても、定型かそれに近いものが大多数で、昭和天皇の声調とは有意の差があると言えるだろう。

昭和天皇の歌の字余りは、初句から結句までの分布を見ると、第四句が一三四首ともっとも多く、あとの句では七十首台から九十首台にとなっている。一句だけ字余りの二六八首についても、第四句が八十首台、ほかは四十首台から五十首台とかなりの差がある。二句字余りの七三首についても傾向は似かよっており、初句と第四句一六首、第二句と第四句一三首と、第四句がらみの字余りが多い。それに次ぐのが初句と結句、第三句と第四句、第四句と結句という分布になる。

字余りの歌が多く詠まれる根拠はいくつかあろう。人名を詠みこんだり、動植物の種の名を几帳面に記したりすることから字余りが出てくる例は、すでに「地」の章、「人」の章に引いた歌にも見られる。海外旅行の歌に字余りの句が多いことも、固有の地名、人名が詠まれていることに由来しよう。
しかしそれだけでなく、昭和天皇の字余りには、その部分を強調しようとする作意も見てとることができる。前章でいくつか引用した「いたつきを思ふ」という句はその一例だが、たとえば八六年、重病の高松宮宣仁を思いやる次ぎの二首も、字余りが意図的に用いられているように見える。

うれはしき病となりし弟をおもひつつ秘めて那須に来にけり

成宮に声たててなくほととぎすあはれにきこえ弟をおもふ

前のほうは第四句、後のほうは結句が字余りだが、いずれもその部分に一首の重心がかかる詠みぶりである。なお「成宮」とは別邸のことである。
第四句の字余りが目立って多いのは、おそらく、一首の歌のなかで、このあたりが一番、字余りによる強調の効果が大きいと感じたためだろう。これまで引用した歌については、振り返って見ていただくとして、それ以外の一句字余り、あるいは二句字余りの歌をいくつか引いて、昭和天皇の工夫のあとをたどって見よう。

古の文まなびつつ新しきのりをしりてぞ国はやすからむ

五二年の作で詞書はない。「国はやすからむ」と、また「国」が出てくる。

　たへかぬる暑さなれども稲の穂の育ちを見ればうれしくもあるか

五四年、岩手県視察の歌。これも結句の字余りだが、「うれしかりけり」などではなく「うれしくもあるか」の強調で一首の歌になりえている。

　遠山は霞にくもる女形谷《をながだに》諸人とともに松の苗植う

六二年、福井県植樹祭。植樹祭の歌はずいぶん多いが、「諸人とともに」の字余りも第四句、結句などによく使われている。

　波たたぬ日本海にうかびたる数の島影は見れどあかぬかも

六三年、「笠山」三首のうちの一首。四句に力点がある。

　久しくも五島を視むと思ひゐしがつひにけふわたる波光《て》る灘を

六九年、「五島列島福江島」。全国巡行が一段落したあと、昭和天皇は離島の視察を望んでいた。「つひにけふわたる」はその感慨を示したものである。

きのふよりふりいでし雪はやはれて万国博開会の時はいたりぬ

七〇年、「万国博覧会」の歌。七〇年の大阪万国博は、六四年の東京オリンピックとともに、戦後日本の大きなナショナル・イベントであった。

氷る広場すべる子供らのとばしたる風船はゆくそらのはるかに

七三年歌会始、題は「子ども」であった。初句と第二句の字余りは、「子ども」を意識的に前面に押し出そうとしているように見えるが、下二句のほうがかえって印象深い。昭和天皇の好みが「そら」のほうにあるためだろうか。

次ぎの「米国大統領の初の訪問」(七四年、フォード大統領)の歌も初句と第二句が字余りだが、上二句が重たいわりに一首のまとまりが弱い。字余りは、下の句で使うほうがすわりが良さそうである。

大統領は冬晴のあしたに立ちましぬむつみかはせしいく日を経て

昭和天皇は、東海道新幹線、衛星通信、コンピューターなどの新技術も歌の題材とした。七八年「長野県の旅・繊維工業試験場にて」の歌、八一年「神戸ポートアイランド」の歌に、コンピューターはこう詠まれる。

コンピューター入れて布地を織りなせるすすみたるわざに心ひかるる

めづらかにコンピューターにて動きゆく電車に乗りぬここちよきかな

リニアモーターカーの歌もある。

リニアモーターカーに初めて乗りぬやや浮きてはやさわからねどここちよきなり
（八五年、「リニアモーターカーに乗りて」）

晩年の作には、初期に比べて字余りの歌がやや多い。

ふたたび来て見たるやかたのこの角力さかんなるさまをよろこびにけり
（八六年、「両国の国技館」）

久しくも小麦のことにいそしみし君のきえしはかなしくもあるか

（八六年、「木原均博士逝く」）

字余りが三句以上にもなると、強調がどこなのかかえってぼやけてくる。「鮮かなるハタタテハゼ見つつ」の歌がそうであった。四句字余りの歌はこうだ。

いそとせまへの外国の旅にもとめたる陶器《すゑもの》思ひつつそのたくみ場に立つ

七一年、デンマークの「陶器工場にて」の作である。七・八・五・八（九）・九の三七ないし三八音。意味はとおっても、読みにくい歌になってしまっている。

三句字余りの歌も、いくつかあげておく。

日本猿の親は子をつれゆくりなくも森のこかげにあらはれたりけり

（七三年）

初句、第三句、結句が字余りになっている。「ゆくりなくも」「あらはれたりけり」といういささか大時代な言いまわしが、日本猿の親子づれのことだったというのは、ユーモラスな効果を巧まずにあげているともいえる。

あまたの牛のびのびと遊ぶ牧原にはたらく人のいたつきを思ふ

（七四年、那須の町営牧場）

「いたつきを思ふ」歌の一つだが、初句、第二句の字余りのせいか、結句の「いたつき」の印象は薄い。

君が像《すがた》をわれにおくりし佐分利貞夫の自らいのちを絶ちし思ほゆ

（七五年、「リンカーン記念堂にて」）

戦争の真最中も居間に飾っていたというリンカーンの胸像が「君が像」である。その像を昭和天皇にもたらした外交官の佐分利貞男は、一九年、自死した。追想の歌の一つだが、歌に「貞夫」となっているのは、誤植であろうか。訪米の旅の歌では、このほか三句字余りの歌が三首ある。そのうち二首を引く。

濠洲よりユーカリの木をうつしうゑて飼ひならしたりこのコアラベアは

（「サンディエゴ動物園にて」）

時々は捕鯨反対をわれに示す静かなるデモにあひにけるかな

（「捕鯨反対のデモ」）

八一年、「春一番」の歌。

南風《はえ》つよく雨もはげしき春のあらしことしはおくれてやうやくきにけり

八三年には「キャンプ」についての歌がある。

ボーイスカウトのキャンプにくははりし時の話浩宮より聞きしことあり

総じて、三句以上に字余りのある歌は、「爆撃に」の一首を除けば、句切れや倒叙もほとんど無く一本調子になっており、そのせいもあってか焦点がしぼれていない印象である。「爆撃に」だけは、「いくさとめけり」の四句切れで、第四句と、結句の「身はいかならむとも」がともに強調されるという効果を生んでいるといえる。

六十余年にわたるその作歌を通観して、声調の変化がほとんど見られないことが、昭和天皇の歌の大きな特色といえる。字余りの歌の割合は初期に比べると戦後はふえているようにも見え、七〇年代から八〇年代にはもっと多い感じはするが、その一因は題材の多様化にあると思われる。巡行・国体・植樹祭などがもたらした具体的な地名の詠みこみ、動植物の名、外国の地名、人名、新技術など、戦後の昭和天皇の歌の対象はめざましく拡がった。活動に応じて、そのときどきの歌が詠まれた。

その一面、同じ題材は年が変わっても同じように詠まれた。前にあげた「国民とともに」の歌はその典型的な例であり、同様の例を、次ぎの「心」の章でもあげることになるが、ここでは、これまであまり取り上げてこなかった、国体やその他のスポーツ競技の歌を拾い出してみる。

うれしくも晴れわたりたる円山の広場にきそふ若人のむれ
（五四年、「札幌国民体育大会」）

ときどきの雨ふるなかを若人の足なみそろへ進むををしさ
（五八年、「富山国民体育大会」）

晴るる日のつづく美濃路に若人は力のかぎりきそひけるかな
（六五年、「岐阜国民体育大会」）

人びとは秋のもなかにきそふなり北上川のながるるあがた
（七〇年、「岩手県の旅・国民体育大会」）

秋深き三重の県に人びとはさはやかにしもあひきそひけり
（七五年、「三重国民体育大会」）

とちの木の生ふる野山に若人はあがたのほまれをになひてきそふ
（八〇年、「栃木国民体育大会」）

外つ国人とををしくきそふ若人の心はうれし勝ちにこだはらず
（八四年、「ロサンゼルス・オリンピック」）

晴れわたる秋の広場に人びとのよろこびみつる甲斐路国体
（八六年、「山梨国民体育大会」）

ほかにいくつか、趣向をこらした歌（たとえば前出の愛媛国体の「沖縄の」の歌）があるとはいえ、ほぼ五年ごとに一首を挙げてみても、類想は見やすい。

国体と類似の戦後のイベントである全国植樹祭の歌も、同様の趣きがあるが、読者の退屈を考え、引用はやめる。だがこれらの歌は、それぞれの地縁をもとに、歌碑に刻み込まれて全国各地に厳然と存立しているのである。

重ねていうが、昭和天皇の和歌のできばえの巧拙をあげつらう考えは、わたしには全くない。言えることは、数多い破調の歌のまさしく破調の部分に、そのときどきの昭和天皇の思いがこめられている、という点であり、にもかかわらず、全体としての声調は、戦前と戦後を通じて、みごとなまでに一貫しているということである。このことは、作歌者としての上達をかならずしも意味しないにしても、敗戦とそれに伴う天皇の法的地位の変化という大事にもかかわらず、昭和天皇の変わらぬ個性の強靱さを雄弁に物語っているのではないだろうか。

「心」の章

〈神祇釈教〉

七五年歌会始「祭り」の歌は、次ぎのように歌い出される。

わが庭の宮居に祭る神々に世の平らぎをいのる朝々

「わが庭」はいうまでもなく皇居であり、そこには「神々」が祭られている。「宮中三殿」と称される神殿があって、それらは、天照大神を祀る賢所、歴代天皇と皇族を祀る皇霊殿、天神地祇を祀る神殿である。たとえば元旦の「四方拝」という儀式では、天皇みずから、伊勢神宮を最初に、右回りに四方を礼拝、天神地祇（平たくいえば「八百よろずの神々」ということか）を礼拝し、初代天皇とされる神武天皇陵、先帝二代の陵を遥拝する。そのあと三殿に参拝する「歳旦祭」が、これも天皇自身を祭主としてとり行われる。一月一日の朝だけでなく、天皇自身による参拝や、侍従らによる代拝は、年間を通じて、節目節目に行われる。神事は、戦前も戦後も、天皇にとってきわめて重要なつとめであった。

こうした日常のいとなみを背景に、「わが庭の」の歌が成立している。皇居内の「神々」は全国各地の「神々」のいわば代理者として「宮居」のうちに迎え祀られており、天皇が三殿を礼拝することは、同時に皇祖皇宗、全国八百よろずの神々への拝礼でもある。祈りの内容・目標は「世のたひらぎ」なのであった。

これまでに見てきた昭和天皇の歌に表れる「祈り」は、このような具体的な事物を前にしてとり行われた祭祀のなかの行為にほかならない。戦前にも戦後にも「祈り」の歌があることを、わたしたちはすでに見てきた。そして、「祈り」は、戦前・戦後を通じて、まったく同じ装置のもとに、捧げられつづけてきたのである。昭和天皇の加齢とともに、天皇自身による礼拝の頻度と所要時間が縮減されたという記録はあるが、基本的な形は(昭和天皇病欠のときを除き)維持された。現天皇が同様の祭祀を引きついでいることは、つけ加えるまでもない。

こうした日常によって形成された昭和天皇の宗教環境が、皇室神道ほぼ一色に染め上げられるのは、いわば自然の成り行きであった。そもそも、二六年一二月二五日、大正天皇の逝去の日、葉山の用邸に詰めていた裕仁摂政は、すぐさま「剣璽渡御の儀」と称する、「神器」=剣と璽との伝達式を経験せねばならなかった。剣璽はふだん宮中に置かれているのだが、一泊以上の旅には、侍従がそれらを捧げ持って天皇の居所にお供せねばならず、まさにその日に、二つの器は新皇のものとなった。これが「践祚」である。そして二年後、二八年に京都で行われた即位礼と、秘儀めいた趣をもつ大嘗祭は、前後に数多くの祭儀をはさみつつ、荘厳にとり行われた。天皇は、日本最高位の神官であるとともに、皇祖と一体となる儀式によって、一種の神格をも付与されたのであった。皇位の正統性を示す「三種の神器」の保持が、昭和天皇の関心事のひとつであったことは、前述した四五年九月の皇太子への手紙にも記されている。

昭和天皇の宗教的な関心が、神道に大きく傾斜していることは、以上の経過に照らして自然である。宮中三殿を別格とすれば、伊勢神宮と靖国神社とが、もっとも多く題材として作品に現れた。

伊勢の宮に詣づる人の日にましてあとをたたぬがうれしかりけり

五四年、「伊勢神宮に参拝して」の歌である。このように安心したあと、天照大神を祀る内宮、豊受大神を祀る外宮の参拝、それらの式年遷宮、海外旅行の安全祈願と帰国後の奉告と、伊勢神宮を詠んだ歌はいくつか見られる。

七三年、「式年遷宮」の歌。

宮移りの神にささぐる御宝のわざのたくみさみておどろけり

秋さりてそのふの夜のしづけさに伊勢の大神をはるかをろがむ

八〇年、「伊勢神宮に参拝して」が詠まれる。

五月晴内外の宮にいのりけり人びとのさちと世のたひらぎを

「世界の平和と国民の幸福」は、この前後昭和天皇が記者会見などで、ほとんどきまり文句のようにくり返していた言葉である。その例証は、たとえば「今後とも……国民の幸福と世界の平和のために、邁進したい」（七〇年九月）、「戦争のない、世界が平和であるよう常に念願」（八一年九月）、「いつもいうことでありますが、世界の平和と国民の幸福を祈っている間に、いつの間にかこういうことになりました」（八六年四月、八五歳の誕生日と在位六十年を迎えての記者会見）などの発言に見られる。そのころ、「祈り」がどういう背景のもとに何に対してささげられていたか、どのような具体的な儀式がそれに伴っていたか、記者たちはそれほど深く考えていなかったようである。

靖国神社は、「地」の章でもふれたように、天皇みずからの参拝という特別の扱いを受けてきた神社であった。明治天皇に始まり、大正天皇もみずから参拝した。昭和天皇の参拝は七五年秋の例祭まで、戦前・戦中に二十回、戦後八回にわたったという。

五九年の「ここのそぢ」の歌はすでに紹介した。十年後の六九年、まったく同様の趣旨の歌が詠まれる。

国のためいのちささげし人々をまつれる宮はももとせへたり

この前後から、政府・国家と靖国神社との関係、八月一五日の靖国神社への内閣閣僚の参拝、閣僚は公人として参拝するのか、それとも私人としてか、などが、ジャーナリズムの関心事となり、政治問題にもなっている。七八年に靖国神社が、これまで保留していた極東軍事裁判A級戦犯の合祀を決め、七九年にこのことが新聞報道されたこともあって、アジア諸国の反発を買い靖国問題はさらに微妙になった。歴代内閣は、ほとんど年ごとに、八月一五日の閣僚の動き方をめぐって苦慮し、対応はゆれ続けた。

八六年「八月十五日」の日付のある歌で、昭和天皇は三たび靖国神社にふれた。

この年のこの日にもまた靖国のみやしろのことにうれひは深し

「うれひ」の性質、だれのどのような行為を憂慮しているのか、歌そのものは語らない。「戦後政治の総決算」を呼号した中曽根康弘は、八五年、首相としての「公式参拝」であることを明らかにして靖国神社におもむいた。しかし翌年から、公式にも私的にも、首相である間は八月一五日の参拝を避けた。

徳川義寛は、聞き書き『侍従長の遺言』のなかで、この歌について次ぎのように説明した。「合祀（A級戦犯の合祀をさす――引用者注）がおかしいとも、それでごたつくのがおかしいとも、どちらともとれるようなものにしていただいた。陛下の歌集『おほうなばら』に採録されたときに、私は解題で〈靖国とは国をやすらかにすることであるが、と御心配になっていた〉と書きました。発表しなかった御製や、それまでうかがっていた陛下のお気持ちを踏まえて書いた。それなのに合祀賛成派の人たちは自分の都合のよいように解釈した。」

「どちらともとれるようにしていただいた」と徳川義寛が言う以上、草稿は別の表現をとっており、修整者としての徳川義寛はもとの表現に手を加えて、作意をあいまいにしたのであろう。徳川義寛は合祀には慎重であったようで、歌が政治性を帯びたものにならないように配慮したとみられるが、歌が八月一五日に「この年のこの日にもまた」と詠まれたとすれば、合祀問題よりも閣僚参拝問題のほうが昭和天皇のより深い関心事だったという推定も成り立つ。「発表しなかった御製や、それまでうかがっていた陛下のお気持ち」については、これまでのところ資料は明らかにされていない。靖国神社と昭和天皇をめぐる謎は、そう大きなものでないにしても、まだ十分に解明されていないというべきだろう。

神道以外の宗教について、昭和天皇はどう見たか。佛教、あるいは佛閣についての歌は、『おほうなばら』にいくつか見える。

みほとけの教まもりてすくすくと生ひ育つべき子らにさちあれ

四九年五月の九州視察、「佐賀県因通寺洗心寮」と題された歌である、「みほとけの教」には、異論も違和感もさしはさまれていない。
五八年、富山県視察の際にも、「社会福祉法人ルンビニ園」の歌がある。

御ほとけにつかふる尼のはぐくみにたのしく遊ぶ子らの花園

七七年には「高野山」参拝の歌がある。

史に見るおくつきどころををがみつつ杉大樹並《な》む山のぼりゆく

先に〈たちなほり〉の歌として引用した七九年の法隆寺再建、八一年の東大寺大佛殿の再建の歌も、おおむね佛教に対して好意的といえる。晩年の八八年夏、「道灌堀」の詞書のある歌は、「ほとけのをしへ」を詠んでいる。、

夏たけて堀のはちすの花みつつほとけのをしへおもふ朝かな

蓮の花＝蓮華からの連想であろうか、「ほとけのをしへ」が具体的にどのようなものかは語られないが、一種の共感さえこめられているようである。
歴代天皇のうち少なからぬ人が譲位ののち佛門に入って「法皇」と称したこともあるし、か

ってはほとんどの神社佛閣に「神佛習合」のしるしが見られたのだから、日本の佛教は神道と無縁ではない。神々に仕え、神道の伝承に深く影響されている者にとっても、佛教はその許容範囲内のものであった。

だが、キリスト教、あるいはそのほかの宗教となると、趣きはちがう。キリスト教信者が運営する福祉施設と思われるものが詠まれる例はあっても、その教義や宗教儀式に関してはいっさい言及されない。ほとんど黙殺されているようにさえ見える。

おそらく、昭和天皇は生涯、キリスト教その他の一神教について深く考え、その教義の根柢にある唯一神の信仰、全知全能の神と人間との関係、人間の「罪」と「罰」の観念などについて研究する機会を持たなかったろう。皇祖皇宗をはじめ八百よろずの神々に日夜とりまかれて、神霊とほとんど同じ空気を呼吸していた昭和天皇にとって、異教の神は感覚的にも無縁であったと推定できる。昭和天皇がひとりの知識人であったとは、多くの関係者の語るところだが、宗教、あるいは近代西欧の哲学という方面では、不十分な、またはかたよった知識しか持ちえなかったのではなかろうか。

〈祈る治者〉

特異な宗教環境にとり巻かれた昭和天皇にとって、「祈る」行為は、特別の意味を持っていた。これまでわたしは祈りに「祈」という漢字を便宜上あててきたが、「禱」「祝」、あるいは「呪」

という漢字すら、「いのり」と訓むことができるはずである。悪しきものを調伏するための「いのり」。「祝」や「呪」は、そのような性質の祈りであった。すでに引用した四二年歌会始の「むら雲……はやくはらへとただいのるなり」は、「はらへ」とい命令形の呪文と相まって、強い調子の歌であった。俗に「神だのみ」というような受け身の祈りなどではなく、現実に働きかける意志を表した歌であった。

四五年「終戦時の感想」に始まって、戦後も頻繁に詠まれた昭和天皇の「祈り」の歌は、「人びとのさちと世のたひらぎ」といった茫漠とした次元であれ、これから見るような具体的な事象に対するものであれ、意志や願望の表現という性格を持つ。昭和天皇は戦後も、それ以前と同様に「いのり」つづけたのである。

戦後の憲法のもとで現実政治を動かす権能を失ったとはいえ、昭和天皇はけっして政治に無関心ではなかった。何が政治的発言で何がそうでないかについて、一定の判断基準を持っていたことが、それを裏付ける。記者会見などでしばしば、「政治問題であるから、答えられない」とか、「それは政府が決めることで、いま答えられない」とかの発言もあり、微妙な質問への答えを回避する口実ともとれるが、発言がおよぼす影響について敏感に対応していたことが知られている。

外交や軍事といったすぐれて政治的な主題は別として、戦後の昭和天皇は、「復興」への関心をはじめ、天災や事故、環境問題など、政治とあい接することがらについても、かなり多く歌を詠んでいる。いわば広い意味での「時事詠」である。歌が現実の事態の進行を変える力を持ちえたかどうかは別問題だが、歌のなかで昭和天皇は政治にふみこんだ発言をしていた。前にあげた「有明湾の干拓を憂へて」の歌もその一つで、「海蝸牛も海苔もほろびゆく日のなかれといのる」の「いのる」は、昭和天皇の意志の発露にほかならない。
五四年、「社会事業を」と題する「祈り」の歌がある。

おほきなるめぐみによりてわび人もたのしくあれとわれ祈るなり

題材が漠然と広いこともあって、歌もまことに漠然としているのだが、これは厚生省管轄の政治・行政の領域に属すること、といえないこともない。
同じ五四年、「洞爺丸遭難」の歌が詠まれる。北海道巡行の往路、良子皇后とともに乗船した洞爺丸が、その後二ヵ月もたたぬうち風雨のなか沈没し、多数の犠牲者が出た。

北の旅のおもひ出ふかき船も人も海のもくづとなり果てにけり

そのしらせ悲しく聞きてわざはひをふせぐその道疾くとこそ祈れ

「海のもくづとなり果て」という詠嘆はやや大げさながら、第二首の「疾くとこそ祈れ」は、係り結びと字余りを併用した、強い語調の結句である。これが戦前のことだと、運輸省はきりきり舞いをしなければならなかっただろう。
五九年、「愛知　三重　岐阜の風水害」の歌。

たちなほり早くとぞ思ふ水のまがを三つの県の司に聞きて

この歌は二句と三句が字余りで、その部分に力点がおかれていると見られるが、「立直り」を詠んだこういう歌もある。これも字余りが二句にわたる。

地震にゆられ火に焼かれても越の民よく堪へてここに立直りたり

（六二年、「福井県の復興」）

六三年、国鉄横須賀線と三井三池炭鉱で、多数の人命を失う事故がつづけて起きた。その「二大事故」の感想。

大いなる禍のしらせにかかることとふたたびなかれとただ祈るなり

やや異なった主題についての「祈り」もある。六四年一〇月、東京オリンピックが開かれた。一〇月一〇日の開会式で、昭和天皇は、開催国の元首がとり行う慣例になっている「開会宣言」

をした。国際的で、同時にナショナルなイベントでもあるオリンピックで、天皇は「元首」として復活した。

この度のオリンピックにわれはただことなきをしも祈らむとする

翌六五年の歌会始で、「国のつとめはたさむとゆく道」の作があったことは、すでにふれた。この「道」は、六六年歌会始（題は「声」）につながってゆく。

日日のこのわがゆく道を正さむとかくれたる人の声をもとむる

「かくれたる人」とは「世に隠れた人」であり、その忠告を求めて「道を正」すのは、世に顕れた、世にかかわってゆく存在である。その現役の為政者の意識が、六〇年代後半、こうした一連の作品となって表れたといえる。

七一年、ヨーロッパの旅の途次に、昭和天皇はロンドンで、東京の光化学スモッグに思いをはせる。

秋の日に黒き霧なきはうらやましロンドンの空はすみわたりたる

第二句の「黒き霧なきは」、第四句の「ロンドンの空は」はともに字余りで、「は」という助詞を置くことによって、たがいに響き合っていることにも着目したい。「うらやまし」という、昭和天皇には珍しい心の動きの表現もなかなか決まっており、作意がそのまま伝わる歌である。環境、あるいは自然を詠んだ次ぎの歌も、昭和天皇の関心のありようを示しているようだ。

斧入らぬ青木ヶ原のこの樹海のちの世までもつたへらるべし

八六年、山梨県での作品である。「つたへらるべし」の「べし」の読み方について、当為、推量、決意、可能、命令と、いくつかの解釈ができるが、歌の勢いからすれば、決意ないし命令と受け取るのが自然かもしれない。天皇の命令——それは敗戦にいたるまでの長い長い間、日本人にとっては「綸言汗のごとく」、変更なしにそのまま実践されねばならぬほどに重い言葉であった。少し時間を前に戻して、よく知られている八二年の、那須用邸で詠まれた歌を引いておく。

わが庭のそぞろありきも楽しからずわざはひ多き今の世を思へば

第三句の「楽しからず」は字余り、結句の「今の世を思へば」は、「思へ」の読み方が不明だが、わたしは「もえ」と訓むほうが良いのではないかと思っている。どう読むにせよ、字余りには変わりはなく、八十歳を超えた昭和天皇の、いささかいら立たしい心境をかいま見ることができる。

「わざはひ」が具体的に何をさすのかはよくわからない。国内では航空事故などがあり、歴史教科書の記述をめぐって近隣諸国からの抗議が相次ぎ、世界の各地にいくつもの紛争があった。十五年戦争と関連するのは教科書問題だが、昭和天皇の不快の原因をそこに絞るのは思い過ごしだろう。「わざはひ多き今の世」は、日本だけではなく世界の動きにもかかわって、もっと広い範囲にわたっている。「今の世」への憂慮は、次項で引く最晩年の歌、八八年の「やすらけき世を祈りしも」にもつながる。

昭和天皇は一貫して、現役の天皇であった。その立場から、国内のさまざまの出来事はいうに及ばず、世界の動きにも目を向けていた。情報源は、身近な人の話によるほか、おもに新聞、テレビなどのマス・メディアであった。メディアとの接触のもようは、和歌や、記者会見での発言の記録などに残されている。世間の出来事に対する昭和天皇の感懐が、ときに表層的なものにとどまったとしても、それはおもに情報源の貧しさのためである。四五年八月以前とは違って、極秘の真相を伝える特別の情報は、昭和天皇に届かなかった。内外の政治への関心は終生、衰えることはなかったが、観察や提言は事態の深部にまで届きえなかった。

にもかかわらず、憂慮や警告や「祈り」が、時事をめぐって昭和天皇から発信されつづけてきたことは、注目に価する。災害や事故の善後策の方向について、昭和天皇は飽くことなく提言した。祈りさえした。それらは、統治権をもはや持たない者の、ひかえ目な感想とは趣きを異にする。「祈り」によって現実がそのように動くことを念願してのことであったろう。歌のなかでも皇居内外の日常のなかでも、昭和天皇の「祈り」は戦後もやまなかった。そのまなざしは、まぎれもない「治者」のそれとして、日本に、世界に注がれていた。

〈喜怒哀楽〉

「うれし」と「かなし」、「さびし」と「たのし」または「たのしからず」など、昭和天皇の感情の表白が含まれた歌を、これまでいくつか見てきた。天象、各地の自然や動植物にふれての感想、人や事件とかかわっての感懐などが、これらの言葉によって形容された。こうした形容詞をなまの形で使わずに情意を伝えた作もあるが、形容詞が使われる頻度のなかに、おのずから昭和天皇の感情の発露、または感情の抑制のありようが現れる。

最も多く見られる形容詞は「うれし」である。三四首あり、ほとんどが自身の喜びの感情表現である（まれに「うれしかるらむ」と他者の気持を推量した歌もある）。関連して、「喜び」という名詞が、二四首に見られ、そのなかには「喜びも悲しみも皆国民と共に」という自他共通の感情もあるが、だいたい二対一の割合で他者の喜びを歌ったものが多い。これに「たのし」二三首を加えると、「喜」と「楽」の歌が相当の量にのぼることがわかる。ただし、「楽しからず」を前面に押し出した「わが庭のそぞろありきも」の強烈な否定の作もあり、これは「憂い」の歌に含めるべきかもしれない。これに対して「かなし」は二〇首、「さびし」は一四首、名詞の「うれひ」が七首にあるが、「うれひすくなし」と否定する歌も一首ある。

喜・楽の歌の例をあげる。

やすらけく日向路さして立ちにけり曾孫のあれしよろこびを胸に
（七三年、「東久邇信彦の子供ロンドンに生る」）

新しき宮のやしきをおとづれて二人のよろこびききてうれしも
（七七年、「常陸宮の新邸」）

国民に外つ国人も加はりて見舞を寄せてくれたるうれし　（八七年）

最後の歌は、八七年の手術後の作である。

つよい情感をあらわす形容詞として、愛と恋に関する表現を探してみたが、「こひし」は皆無、「あいらし」「いとし」は次ぎのような歌であった。

はり紙をまなぶ姿のいとほしもさとりの足らぬ子も励みつつ
（五一年）

あいらしきはるとらのをは咲きにほふ春ふかみたる山峡ゆけば
（六一年、「雲仙岳　薊谷」）

石塀を走り渡れるにほんりすのすがたはいとし夏たけし朝

（八四年、「那須にて」）

「哀」の歌を見る前に、作者の肯定的な評価を示す一連の形容詞を含む歌にふれる。「うつくし（うるはし）」は二三首と「かなし」よりも多く、ほかに「おもしろし」「たのもし」、前にも見た「ををし」、それに「なつかし」などが、それぞれ十首前後に表れている。

「うつくし」は叙景歌がほとんどで、初期から晩年にわたって作例がある。

高原にみやまきりしまうつくしくむらがり咲きて小鳥とぶなり

（四九年、「長崎県雲仙岳」）

建物も庭のもみぢもうつくしく池にかげうつす修学院離宮

（八五年、「後水尾天皇を偲びまつりて」）

みわたせば春の夜の海うつくしくいかつり舟の光かがやく

（八八年、「伊豆須崎」）

「美しからず」という歌が一首だけある。さきに見た「わが庭の」と似た心象である。

山崎に病やしなふひと見ればにほへる花もうつくしからず

（五四年、「日東紡山崎療養所のほとりを汽車にて過ぎむとして」）

「おもしろし」にはこんな歌がある。

ざえのなき媼のゑがくすゑものを人のめづるもおもしろきかな

四七年、「栃木県益子窯業指導所にて」の詞書のある一首だが、「ざえのなき媼」がどういう感想を心中にいだいたかはわからない。ともあれこの歌は、依然として指導所の前庭に、歌碑として建っているようである。

「たのもし」は四七年、水戸の朝を詠んだ「あけぼの」に典型的に表れているように、戦後の「立ち直り」の時期の地方巡行の際の歌などに比較的多く見られた。「ををし」の歌とも共通する。「たふとし」も「たのもし」をもっと強めたいときに用いられ、前に引いた四七年の長野県巡行「浅間おろし」や四九年福岡県巡行「海の底の」がその適例である。

「なつかし」は、若いころ訪れた場所を再訪したり、若いころ会った人と再会したりした時に多く詠まれるが、思い出をなつかしむ次ぎのような歌もある。

足袋はきて葉山の磯を調べたるむかしおもへばなつかしくして

（八三年、「埼玉県の旅行行田の足袋を思ふ」）

「かなし」「さびし」は、挽歌や追想の歌などに多く表れるので、どちらかといえば後年の歌に多い。「いたまし」という用例が四首あるが、いずれも戦災や天災のあとの形容で、そこから立ち直る様子のほうがより肯定的に描かれている。

「うれひ」の歌は、「靖国のこと」に「うれひは深し」と詠んだ八六年の作「この年の」の強い懸念や、次ぎのように五三年の水害を詠む治者の心労まで、悲しみから怒りに近い感情がこめられている。

嵐ふきてみのらぬ稲穂あはれにて秋の田見ればうれひ深しも

この歌の「あはれ」は、和歌に伝統的な「もののあはれ」ではなく、惨状を想像して詠んだもので、同時に詠まれた次ぎの一首は、前者の悲哀感を中和するかのように、立ち直りのたのもしさを歌いあげる。

荒れし国の人らも今はたのもしくたちなほらむといそしみてをり

ここまでにみた喜・楽・哀の歌は、コトやモノに即して、昭和天皇が表明した感懐を例示したものである。数量からみれば明るい歌のほうが多く、悲しい歌は少ない。どちらを詠むにしても表現は単純明快で、「たのしからず」「うつくしからず」といった屈折した詠みぶりは稀である。情緒過剰とみられる表現はほとんどなく、むしろ情緒に流れることを自制しているようにさえ見える。

しかし、淡々とした歌ばかりではない。さきに「戦をとどめえざりしくちをしさ」の一首を引いて述べたように、「くちをし」という形容の背後には、昭和天皇の情念の独特な発露を見ることができる。ほかにも少数ながら、心の深層をうかがわせる作品がある。
まず、六一年の「六十の賀」三首のうちの冒頭の一首。

ゆかりよりむそぢの祝ひうけたれどわれかへりみて恥多きかな

同じような歌が、七〇年、「七十歳になりて」四首の冒頭の一首にもある。

七十の祝ひをうけてかへりみればただおもはゆく思ほゆるのみ

ほぼ十年をへだてて、同じような時の一連の歌の最初に、謙虚にも自省の歌が出てくるのである。六十の賀の「恥」は、七十の祝の「おもはゆく」と、少しトーンを下げながらも、同じ心境が表出される。「恥」とは何か。「恥多き」とは、公的・私的の過去の、どのような場面のどのような恥辱か。「ただおもはゆく」思うのみで、その内容は語られない。戦争に入るのをとどめ得なかったことか、適切な時期に停戦する決定をなしえなかったことか、それとも戦に敗れたことか、祖父・明治天皇から受けついだ憲法を根本から改変し、植民地を手放し領土を縮小してしまったことか。ついに昭和天皇は沈黙したままであった。

記者会見で一度だけ、昭和天皇が過去を振り返って「はずかしい」と発言したことがある。七四年九月、那須用邸での会見で、「来年は昭和五十年ですが、感想をお聞かせ下さい」という問いに答えたものである。

「（前略）……振り返ってみると、はずかしいという気持ちであります。今後とも、できるだけ皇室と国民の接触を図り、国民の幸福と世界の平和のため、邁進したいと考えております。」

記者たちは、「何について〝はずかしい〟とお考えですか」と突っこんで聞くほどぶしつけではなかった。次ぎの質問は「践祚の思い出は？」であり、昭和天皇は「センソ」を「戦争」と聞き違えたのか、「戦争のことは、今なお残念に思っています」と、もはや定番となった答えに立ちもどった。

「恥」が何であるかを封印したまま、最晩年の昭和天皇は、「戦をとどめえざりしくちをしさ」のほかにもう一首、「くやし」という形容の入った歌を残した。

八八年八月一五日、「全国戦没者追悼式」。

　　やすらけき世を祈りしもいまだならずくやしくもあるかきざしみゆれど

「祈り」も「世」も、昭和天皇の生涯を一貫する主題であった。この年、日本国内は曲がりなりにも平穏だったから、「いまだならず」と詠まれる「やすらけき世」は、世界全体の平和をさすとしか解しようがない。第二句、「世を祈りしも」と祈りが過去形をとっているのも、（もしかすると修整者がそうしたのかもしれないが）気がかりである。結句の「きざしみゆれど」は何か取って付けた感じもあるが、平和のきざしを作者はどこかに見ていたのであろうか。

この一首は、「いまだならず」の三句切れ、「くやしくもあるか」の四句切れが中に入っていることで、一種異様な迫力を放っている。第三句・第四句とも字余りになっている破調が、「くやしくもあるか」をさらに際立たせる。「くやし」さは、神々が祈りを聞きとどけてくれないことに対してか、それとも祈りを通じさせえない呪者の非力に対してなのか、いずれにしても激しい焦燥感にあふれた作である。

この歌をみてもわかるように、昭和天皇は晩年を満ち足りた気分で送り迎えしていたのではなかった。一時期、落ち着いた口調で「世界の平和と国民の幸福を祈っている」と語り、また歌ったのとは裏腹に、その祈りがついに成就しなかった「くやし」さを噛みしめ、昭和天皇は終身の天皇として生きねばならなかった。

喜怒哀楽の「怒」が、昭和天皇の歌にきわめて少ないことは、特徴的である。相撲の力士やプロ野球の選手に「ひいき」する者があるかどうかを聞かれても、あるいはテレビ番組の好みを聞かれても、昭和天皇はつねに答えを避けた。それは、政治とは無関係な分野でも、あらゆる事物にひとしく公平で、そして無私であろうとする努力の表れでもあった。それは以前から天皇のあるべき「立場」でもあり、そのために「自制」をたえず心がけたのだった。

昭和天皇は怒りを知らない人ではなかった。「激怒」といわれるほど強い怒りを露わにした事例のいくつかを、関係者たちは書き残している。怒りの表現の仕方は記録者の立場によって微妙に異なっており、ここでは真相の解明は避ける。面とむかって人を責めることもあった。責められるのは昭和天皇にとって目下の者ばかりだったから、その影響も大きかった。「自制」はそのことを認識したうえでのことであった。喜怒哀楽を表現した作品を通読すると、喜・楽は率直に、ないしはいささかの誇張を交えて、そして怒りのほうは強い抑制のもとに表現されていることがわかる。「うれひ」「くやし」はあっても、それは怒りとは少しずれた方向で用いられており、「怒り」という言葉は、結局のところ、無い。

ここであらためて、「うらむ」という、ヨーロッパ訪問中に詠まれた歌の表現について考えてみよう。「戦果てて みそとせ近きに なほうらむ人」「戦にいたでをうけし諸人のうらむ」の二首のことである。前者はイギリス、後者はオランダ、事柄は昭和天皇の戦争責任を問うものであった。

かれらが表現したのは「怒り」であって「うらみ」ではなかった。責任をとっていない、とろうとしていないことへの怒りにほかならなかった。それを湿っぽい語感を伴う「うらみ」と受け取ったのは昭和天皇の側であった。怒りには公憤と私憤とがありうるが、怨みには私怨だけしかない。公憤はたくみに、あるいはたくまずに、私怨にすり変えられた。さきの戦争を「いさかひ」と不用意にも表現した歌の例もある。戦争における罪と罰。唯一神を信仰する人びとの論理、あるいは倫理は、昭和天皇に素直に受け容れられるものではなかった。怒りと怨みとのすれ違いは、そのまま残った。昭和天皇はこれ以外に「怨み」の歌を残さず、したがって当然に、みずからの怨みの歌も詠まず、「うらむ」という感情とは無縁であるかのようにふるまった。

〈「むねせまりくる」〉

激しい感情の動き、または感動を表現するのに、昭和天皇は二種類の、独特な言葉を用いた。一つは「心せまる」ないしそれと同類の表現であり、もう一つは「むねせまりくる」である。「心せまる」は胸が一杯になるような感激であり、「むねせまりくる」は悲哀で胸が痛むさまである。

皇太子を民の旗ふり迎ふるがうつるテレビにこころ迫れり

五三年、ヨーロッパの旅から帰朝する明仁皇太子を詠んだ歌である。成人となり役目を果たした皇太子もさることながら、日の丸の旗をうち振って「民」が空港に出迎える様子に、安堵と感動をおぼえている作者の姿が重なってゆく。同様の歌に、七五年の米国訪問の折り、フォード大統領夫妻のあたたかいもてなしに「心うたれぬ」、ジョン・D・ロックフェラー米日協会長のもてなしが「心にしみぬ」という表現がある。

「むねせまりくる」の句を含む歌は、『おほうなばら』に八首収められている。五九年、千鳥ヶ淵戦没者墓苑に納骨された人びとを思う「国のため」の歌は前に引用した。あと七首のそれぞれについて、昭和天皇がどんな時、どんな事に「むねせま」る思いをしたかを見ることによって、昭和天皇の意識を探ってみる。

夢さめて旅寝の床に十とせてふむかし思へばむねせまりくる

五五年八月一五日「那須にて」の歌。四五年の敗戦からまる十年、そのころのことを思えば万感胸にせまる――当時の数多い出来事のうち、何に、だれに、どのような思いをいだいたかは、この歌からはわからない。すべてをひっくるめて、「むねせま」る状態が生まれたと言えばそれまでだが、突っこんで考えようとすれば、意外にあいまいな表現になっていることに気づく。

年あまたへにけるけふものこされしうから思へばむねせまりくる

六二年、「日本遺族会創立十五周年」にこの歌が詠まれた。傷痍軍人についての作、「遺族のうへを思ひて」の作がその前後にある。戦争被害者に対しては、靖国神社のことにもつながるのだが、昭和天皇はかずかずの機会に歌を詠んだ。例年の八月一五日、戦歿者追悼式でみずから朗読する「お言葉」の「いまなお胸の痛むのをおぼえる」と共通する境地で、昭和天皇は几帳面に、毎年ほとんど同じ文言を、おもに死者の鎮魂のために繰り返した。

桃山に参りしあさけつくづくとその御代を思ひむねせまりくる

同じ六二年、祖父・明治天皇の「桃山御陵」での三首のうちの一首である。明治天皇歿後五十年の参拝で、明治天皇の遺志とその時代を考えているうちに、「むねせまりくる」心境となった。第四句「その御代を思ひ」は「おもい」と字余りの強調句に訓むべきだろう。明治時代との比較は、昭和天皇にとって心の緊張と、いくばくかの自省をもたらすものであったかもしれない。明治天皇は日露戦争（〇四〜〇五年）の終結の年、「とつくにの人もよりきてかちいくさことほぐ世こそうれしかりけれ」と詠んだが、昭和天皇の「いくさ」はみじめな結果に終わった。思えば思うほど、「むねせま」るのも致し方ない。

ほととぎすゆふべききつつこの島にいにしへ思へば胸せまりくる

六四年、詞書は「佐渡の宿」。佐渡島は、北条氏が執権となった鎌倉幕府を打倒しようとして失敗した第八十四代順徳天皇が流され、その生を終えた島であった。「いにしへ」は「遠つ祖」のひとりである順徳院が、この島で暮らした年月である。悲運の天皇への思いが、ほととぎすの鳴き声で増幅される。

樺太に命をすてしたをやめのこころを思へばむねせまりくる

六八年、北海道の開道百年で渡道の折り、「稚内公園」での作である。稚内は北海道の北端にあり、もと日本領だった南サハリンとは宗谷海峡をへだてて一衣帯水の地である。四五年八月、ソ連軍が南サハリンに進攻、眞岡市（ホルムスク）の女性電話交換手たちは、集団で自死した。軍国日本の末期に起きた同様の悲劇はほかにもあるが、稚内という土地柄だけに「むねせま」る思いに実感がこもっていただろう。しかも南サハリンは、摂政時代の昭和天皇が、弟・高松宮宣仁とともに訪れた地でもあった。この歌を、敗戦の混乱をもたらした不徳への反省ととるか、失地回復、報復の思いの発露と見るか、読者によって解釈が分かれそうな作品ではある。

戦の烈しきさまをしのびつつパノラマみれば胸せまりくる

七一年、ヨーロッパ訪問の際、「ワーテルローのパノラマを見て」と詞書にある。ナポレオン一世とウェリントン将軍の決戦の地・ワーテルローには人造の丘があり、古戦場を記念するいくつかの建造物もある、いわゆる観光名所である。「胸せま」る思いが、だれに対して、何に対してかは明らかではないが、悲運の皇帝となったナポレオン一世のほうに、どちらかといえば昭和天皇の思いがよせられているようだ。そのあと、フランスのフォンテンブロー宮を訪れて「ナポレオンのこと心に沁みて」と詠んでいるところからも、そう想定できる。

幸得たる人にはあれどそのかみのいたつきを思へばむねせまりくる

七六年の米国訪問、「多くの日系人にあひて」のなかの一首である。第四句「いたつきを思へば」は、「おもえ」と訓んでも「もえ」と訓んでも字余りで、「もえ」の方が口調が良いが、日系人は、米国による日系移民の排斥・太平洋戦争中の収容所行きなど、両国の経済摩擦や軍事衝突に伴って、苦労を重ねた。戦争が介在するだけに、初めて訪米した昭和天皇にとって、思いは複雑であったろう。

「むねせまりくる」と詠まれた歌の多くは直接間接に戦争が影を落とし、昭和天皇の戦争への関与をひそかに問いつづける素材ともなりえた。「むねせまりくる」は、それらに対する昭和天皇の一括回答でもある。

〈現人神〉

くどいようだが、「神々」と「祈り」の歌を二首、再度ならべて見比べよう。

・三三年　あめつちの神にぞいのる朝なぎの海のごとくに波たたぬ世を

・七五年　わが庭の宮居に祭る神々に世の平らぎをいのる朝々

二つの歌は、四十年余の歳月をへだてて詠まれたとは信じられないほど、よく似通っている。

前の歌が七五年、後の歌が三三年の作であっても不思議でないほど、同じ風景、同じ祈りである。ということは、昭和天皇と神々との間の、祈り祀られる関係が、戦前戦後を通じ、いささかの変化もなかったことを意味していないか。

戦後の憲法で、天皇の国事行為は、大幅に削減された。一方、天皇の神事・祭事は、内閣の助言も承認も必要とせず、これまでどおりにとり行われた。皇室の神事の手順と方法は従前のまま維持され、昭和天皇は勤勉に神事にたずさわった。践祚は神の憑りしろである三種の神器を先帝から引きつぐことを意味し、即位は大嘗祭の秘儀で皇祖神と一体となることによって完成した。人にして神、すなわち現人神（あらひとがみ）となったのだった。

わたしたちは、四六年正月の昭和天皇の「人間宣言」を、もともと人であった天皇が「現御神」（あきつみかみ）であることを否定したものと受けとっていた。神話や伝説を、そして自身の神格を、「架空ナル観念」として否定することを目的にその詔書が出されたと理解していた。

その理解のどこかに、錯覚があったようだ。詔書を話題にした七七年八月の記者会見記録を、『陛下、お尋ね申し上げます』によって、もう一度読み直してみる。

記者　ただ、そのご詔勅の一番冒頭に明治天皇の「五箇条御誓文」というのがございますけれども、これはやはり何か、陛下のご希望もあったと聞いておりますが。

天皇　そのことについてはですね、それが実はあの時の詔勅の一番の目的なんです。神格とかそういうことは二の問題であった。

………民主主義を採用したのは、明治大帝の思召しである。しかも神に誓われた。そうして「五箇条御誓文」を発して、それがもととなって明治憲法ができたんで、民主主義というものは決して輸入のものではないということを示す必要が大いにあったと思います。………（中略）……日本の国民が日本の誇りを忘れないように、ああいう立派な明治大帝のお考えがあったということを示すために、あれを発表することを私は希望したのです。………（中略）………

この日の会見では、皇室と国民の関係も話題にのぼった。昭和天皇は「皇室もまた国民を赤子（せきし）と考えられて、非常に国民を大事にされた」と語り、宮内庁があとで、その部分を「わが子」と訂正した。

「人間宣言」は、昭和天皇の意図としては、明治天皇が神々に誓った五箇条御誓文を日本の国是として再確認することが第一の目的で、二の問題として天皇と国民との関係を「朕ト爾等国民トノ間ノ紐帯ハ終始相互ノ信頼ト敬愛トニ依リテ結バレ」たものと強調するものであった。民をみること赤子をみるがごとし。したがって神話・伝説や、天皇をもって現御神とする架空の観念は、天皇と国民との関係を解き明かすものとはなりえない、としたのであった。

この部分、ことに「架空ナル観念」という表現から、わたしたちは、昭和天皇が神話・伝説ときっぱり手を切って、架空の観念を脱し、現実の人間社会の一員となって生きる意志を表明した、と理解した。だが、昭和天皇が神々の存在を否定したのではなかったことを、見過ごしにしていた。「五箇条御誓文」について、「（明治天皇が）しかも神に誓われた」と明言していることから、昭和天皇のゆるぎない信心がうかがえる。

昭和天皇がほぼ一貫して、退位や譲位を否定し、現役の天皇であることにこだわり続けたのは、今から思えば、神事の主催者としてたえず神霊に取りまかれていること、祈りを通じて神との交信を日々おこたらず、神々と共に居ることを、この上なく大事と思いきわめたからにちがいない。もしも天皇でなくなれば神事の主催者でもなくなり、三種の神器とその霊力は、天皇の身から離れる。皇祖皇宗の霊や天神地祇は全能の神とは違うけれども、それだけに人間には近い。神事によって、天皇は神々にもっとも近い存在となりうる。その状態を「現人神」と呼んだってよいではないか。昭和天皇は、もとから人間ではあったが、しかし戦後も、特別の人間でありつづけた。

四六年正月からのち、「人間天皇」という呼び方は、「象徴天皇」以上に、戦後のジャーナリズムで頻繁に使われた。それが戦後の決定的な変化だという観念が、いつとはなしに人びとの間に形づくられていった。

五一年一一月、京都巡行の折り昭和天皇が京都大学を訪れたとき、学生たちが構内にかかげた立て看板には、こう大書されていた。

「　願

神様だったあなたの手で

我々の先輩は戦場に殺されました

もう絶対に神様になるのはやめて下さい。、

『わだつみの声』を叫ばせないで下さい。

京都大学学生一同」

学生たちは「平和の歌」を斉唱して昭和天皇を迎えた（労働歌や「インターナショナル」が歌われたというのは誤伝である）。昭和天皇は歓迎と一時勘違いしたが、警官隊が学内に入って学生をさえぎり、大きな混乱もなく視察は終わった。この「事件」で八人の学生が放学や停学などの処分に遭った。

六六年、三島由紀夫は小説『英霊の聲』を『文芸』六月号に発表した。能の修羅物の様式を借り、二・二六事件の青年将校たちと太平洋戦争末期の特攻隊員たちの「英霊」が、「兄神」「弟神」として霊媒者に乗りうつり、「などてすめろぎは人間となりたまひし」と昭和天皇を呪詛するのである。二・二六事件の決起者の鎮圧を命じたといわれる昭和天皇、戦後半年足らずで「人間宣言」した昭和天皇を、これら「裏切られた者たちの霊」は、天皇が神だからこそ決起もし、神風の吹くことを信じて敵艦に突入したのに、いまさら人間だなどとは、「などてすめろぎは人間となりたまひし」とくり返しつつ霊媒者を英霊の霊力で死に至らしめる。「その死顔が、川崎君（霊媒者――引用者注）の顔ではない、何者とも知れぬと云はうか、何者かのあいまいな顔に変容してゐるのを見て、慄然としたのである。」というのが、この小説の結びであった。

しかし、京都の学生たちは、そして英霊たちも、どうやら間違っていたようである。その和歌を通読すれば明らかなように、昭和天皇の意識は、戦前・戦後を通じて、神に対し、天象や自然に対し、民に対し、なんら変化を見せていない。まれに見る一貫性をもつ強い個性。身は国民主権の国にありながら、君主の心を保ちつづけた、ただ一人の人であった。「皇国」を「国」と言い、「赤子」を「国民」と呼び、「怒り」を「うらみ」と受け取ることによって、国家元首としての天皇の戦争責任への執拗な問いは、尾をひきつつ、徐々に封じこめられるにいたった。

八八年九月九日、昭和天皇は病いが再発し、倒れた。病状は重く、末期には昏睡に近い日々が続いた。八九年一月七日までの百十一日間、体温、脈拍、血圧、呼吸数、そして時には輸血、下血などの数値だけが、日ごとに発表された。その枕辺に、眠りつづける昭和天皇の意識に、どのような神霊、死霊、あるいは生霊が立ったか、霊たちは何を告げ、それにどう答えたか、何も知られていない。そしてこの間、歌が詠まれることも、ついに無かった。

第二部　昭和天皇の表層と深層

I

『天皇の陰謀』論

裕仁天皇の在位は、一九二一年の摂政就任から数えて、半世紀をゆうに超えている。その前半は神聖不可侵・万機をみそなわす強力無比の君主として、その後半は日本国とその国民〈統合〉の〈象徴〉として。

これだけ長い期間、公職、それも第一級の重要性をもつ公職を占有している人物について、われわれはどれだけのことを知っているだろうか。どのような人格識見、あるいは思想の持主で、どの方面にどれだけの才能をもっているのか。その重要な任務を、どれほどの熱意と、どれほどの創意をもって、遂行したのか。

たとえば、佐藤栄作や田中角栄について、われわれは、遠慮がちなジャーナリズムの報道からさえ、もっと多くのことを知りうる。あるいは、ヒトラーやスターリンといった、その生存中に辛うじておのれの神格化に（異常かつ血まみれの努力の末に）到達しえた人物について、いま多くのことを知りうる。それは、かれらが、実際に何をしたか、彼らが遭遇した歴史のかずかずの結節点（それらは同時にかれら個々人の運命の曲り角でもあった）で、どのように振舞ったかが、不完全ながらも一応明らかにされているためだ。

裕仁天皇はこの半世紀、何をし、どう振舞ったか。たった一つの時期にだけ、目もくらむばかりの強烈な光が当てられている。ときは一九四五年八月、戦争をやめ、みずからラジオ・マイクの前でそのことを宣言する、いわゆる〈聖断〉の時期。心ならずも戦争にひきこまれた天皇は、平和のため一身をかえりみず勇気をもって主体的に行動した、と。この聖なる光輪によって、その前後につらなる昭和史は、首尾よく影の部分に沈みこむ——ことを、〈裕仁神話〉の演出者たちは希求していた。だがしかし、現在の〈幻術〉の術者の演技は、惜しむらくはいささか過剰だった。あれだけの主体性と権威をもって戦争をやめることができた人が、戦争を始めるときにはどうしていたのか、という自然な疑問を、かえって誘発してしまったのだ。しかも戦争は、一九三一年、三七年、四一年と、三度にわたって繰返し拡大した。一度目、二度目は、神話作者によって、「知らなかった」という言い抜けが考え出された。では、知ったあとで、裕仁天皇はどうしたか、という反問には、苦しげな弁明が用意された。三度目には、ホトケの顔の神話作者たちも遁法の使いようがなく、せいぜい「早く終りたい」という博愛仁慈の大御心をもって、アリバイに代用することしかできなかった。

『天皇の陰謀』（いいだもも訳）の著者、デイヴィッド・バーガミニは、「十八世紀の民主的合理主義に対する漠たる愛好を除いて、何の政治的信条も有してはいなかった」（日本語版への序文）科学啓蒙家である。啓蒙家は、演繹よりは帰納に、独創よりは目くばりの届いた解説に、より長じている。バーガミニは、日本で生まれ育ち、日本軍の中国占領と、フィリピン占領を体験し、マニラの強制収容所から米軍によって解放された。西欧人としては並外れた日本語の読み書き能力を生かして、裕仁天皇に関する数多くの第一次資料（身近に仕えた人びとの日記や回想録を含む）を読破し、旧支配層、現支配層をふくめた多数の人びとと面接し、まさしく啓蒙家の方法、帰納法に従って、裕仁天皇像を導き出した。バーガミニが扱ったデータはまことに尨大であって、たとえばインタビューと感想の録音テープだけでも、二百四十時間分に達しており、日本人で戦時戦後の天皇を論ずるほどの人でも、かれと同等あるいはそれ以上の資料を自分のものにしているものはごく少数だと思われる。

バーガミニの〈証拠〉から、「伝記作者の公式人物像（裕仁を、王国の管理を将軍と元帥にまかせ、真菌植物と小さな虫のような海中生物を相手に歩きまわることに精力を注ぐ、教養ある引退した生物学者として表す）とはまるで写真のネガとポジのように異なった、裕仁の像が現われてきた」（「著者から読者へ」）。それは、「倦むことを知らぬ、一身を捧げた、細心で、狡猾な、辛抱強く、忌むべき戦争指導者であった。彼は、彼の偉大な祖父から、アジアを白人から奪い取るという使命を引き継いでいた」（同前）。生物学は裕仁天皇の余技の一つにすぎず、好都合にもいま世を忍ぶ隠れミノの役割を果しているが、さまざまな照射や遮蔽を取り払って虚心に資料に取り組むなら、「裕仁は本当に天皇だったのだ」（同前）という事実、すなわち、裕仁天皇は英明であって、綜合的判断と細部を把握する能力をかねそなえ、摂政就任から一九四五年までの二十五年間の治世の時期に、明治憲法が与えた絶大な権能を遺憾なく発揮したという事実を、認めざるをえないのだ、というのがバーガミニの到達点であった。

バーガミニは、この巨大な事業を推進する中枢として、裕仁天皇を首領にいただき、皇弟の全部と有能な皇族、華族の側近（近衛文麿、木戸幸一ら）、統制派将校などから構成されるcabal（秘儀的陰謀グループ）を措定している。訳者のいいだももが「cabal の頻用」とやや批判的に「訳者後記」でふれているように、帰納して得た結論をふたたび演繹するときに、あらゆる事象に論理的整合性を与えようとする嫌いはあるが（啓蒙家の例にもれず、バーガミニは非論理がときとして論理よりも強力に働き、下意識がある場合に意識よりも主要な役割を演ずることを、うまく説明しきれない）、この本は、裕仁天皇史の影の部分を、時系列を時間どおり追い、事実に即して、節目節目を明らかにしつつ、あざやかに解明してみせた。それは、これまでの公式的な裕仁天皇像の何層倍も、ほんものの天皇像を日本軍国主義の歴史ともども浮き彫りにした。

本の内容には、あえてくわしく立ち入るまい。二・二六事件や敗戦にさいしての近衛師団のにせクーデタについて、要するに内乱や内乱もどきについて、裕仁天皇がどのような方法でみずから関与したかを、この本は新たな角度から照射しており、それは大筋としてはうなずけるものだが、いずれにしても、それは史書の領域である。わたしは、天皇の歴史よりも天皇の文学に関心があるのだ。

だがここで、ひとつの反論が予想される。世上、（宮廷を隠微なニュース・ソースとしつつ）流布されている、天皇好々爺論（おおらかで、お人よしで、だからこそ軍バツにだまされた!?）と、裕仁英明論とは、いかにして調和するか。

裕仁天皇愚者論には、大まかに言って二つの根源がある。その一つは、天皇自身をふくむ幻術師たちの、生きのびるための知恵である。皇祖皇宗の遺業を（敗戦によって）台なしにし、なおかつ戦犯裁判や人民裁判から身をかわすためには、愚者のふりをするのが一番である。デンマークの王子ハムレットは、怪しまれることなく仇討ちと王位とを獲得するために、狂者を装ったではないか。にせの愚者、にせの狂者は、古今東西、枚挙にいとまない。戦後の〈ご巡幸〉と「ア、ソウ」の頻発は、期せずして、まことに天衣無縫、あらたな天皇像を人びとに示したのだった。

もうひとつの要因は、天皇と天皇制にまつわる言論タブーの存続である。ジャーナリズムの怯懦が、これに一役買ったが、このことはかえって、〝王様の耳はロバの耳〟、あるいは「おぼしき事いはぬは、腹ふくるる」思いを、日本人民にゆき渡らせた。戦争中の流言蜚語と同様、人民は、「ここだけの話だが、天皇も皇族も、見かけほどエラクはない」という話を、好んでするようになる。ひそひそ話は、翼ある言葉となって津々浦々にひろがる。これはコミニュケーションというものの鉄則だ。こうして、幻術師の願望と、悪口雑言につかの間のカタルシスを求める庶民の感覚とは、奇妙な一致をとげた！

「髭　眼鏡　猫背」と、およそ半世紀前に、中野重治は裕仁天皇の外見を描写した。たしかに、その外見は、外国人が風刺マンガにえがく「日本人」そのものである。それは、西欧人におそらく不快感を、日本人の下意識には、安心感を与える。ありふれた、あまりシャープとは言えない容貌もまた、天皇制にとって幸いした。が、藤山寛美や野村克也が平均以上の知能と度量の持ち主であることを、われわれは知っている。また、天皇無能論が、一部分はためにする偽装工作であり、一部分は抑圧の反作用であることも、われわれは見てきた。

われわれ人民は、バーガミニを触媒のひとつとしつつ、あらたな裕仁天皇観を構築する時期に来ている。神でもなく、好々爺でもなく、そのジン・テーゼとしての、当代の英雄が、裕仁天皇の実像なのだ。英雄・裕仁は、生まれながらにして、アマツヒツギ、つまり現人神となることが約束されており、おのれを神格化するためにあくせくする必要はいっさいなかった。〔この点で、スターリンが、自分で自分の（アユ追従にみちた）伝記に筆を入れ、軍事的天才と文筆的天才の伝説をつくり、さらに「かれ（スターリン）はうぬぼれ、自負、自己賛美の影さえも許さなかった」とすら書き加えたこと――フルシチョフ〝秘密報告〟による――と、際立った対照をなしている〕。裕仁天皇は、スターリンやヒトラー、あるいはナポレオンⅢ世の猛烈な苛立ち、苦悩を、ことの最初から超越し、ひたすらに心おきなく「丕顕ナル皇祖考丕承ナル皇考ノ作述セル」（宣戦の詔書）目的＝日本の全一的支配のもとの〈東洋平和〉に邁進することができた。

裕仁天皇は、かれが規範としたカイゼル・ウイルヘルムⅡ世と同じく、その前半生を失敗した。ただし、カイゼルの教訓に学んで、着のみ着のままで亡命するのではなく、仰々しく日本国内に天くだることに成功した（『人間宣言』を読み返していただきたい）。転んでもただでは起きない。

かくも〈高貴〉な裕仁天皇の精神構造について、わたしもまた、ひとつの傍証を提供したい。その証拠は、かれの短歌に求められる。

裕仁天皇の祖父・明治天皇は、英明であったとされ、〈大帝〉とすらおくり名されている。その真偽はいま問わぬとして、短歌に関するかぎり、相当の才能の持主であったと考えてよい。

「あさみどり澄みわたりたる大空の広きをおのが心ともがな」、「よもの海みなはらからと思ふ世になど波風のたちさわぐらむ」、「よきをとりあしきをすてて外国におとらぬくにとなすよしもがな」。さらに、「子等はみな軍のにはにいではてて」、老人がひとりで伝来の山田を守っておることであるヨ、と時局を詠みこんだものもある。いくさの火をつけたのは、どうやら明治天皇自身であった。それなのに〈など波風の〉とうたっていられる神経のつよさには、ただただ感嘆するばかりだ。気宇壮大、まさに天とひとしいおもむきである。「子等はみな」の発想は、与謝野晶子の『君死に給ふことなかれ』によって、「すめらみことはみ戦に／おほみづからは出でまさね」と、鋭く切り返されることになる。けれども、与謝野晶子が商家の私事に仮託しながら思いのたけを展開したのに対して、自然の大きな部分（空、海など）におのれの心象を託しうる人物が、ケタ違いに広い視野をもっていたことは、想像にかたくない。両人の短歌を比べれば、差異は一目瞭然だ。

責任感と病気とに打ちひしがれた父親にかわって登場した裕仁天皇は、政策の基本理念と基本方向を、偉大な祖父に求めた。明治天皇が誇示した気宇の壮大さを、裕仁天皇は額面どおり引きついだ。天皇がつい最近、自衛隊について語ったと増原恵吉・もと防衛庁長官が伝えた談話の内容は、「よきをとり……」そのものズバリではなかったか。

天皇家の年中行事として毎年一月に「歌会始」なるものがあり、成年した皇族、〈召人〉として招待された知名人が作歌を披露し、あわせて一般から募った歌の一部（預選歌）が読み上げられる。〈召人〉は歌人とは限らず、佐藤春夫や高見順も、かつて召された。高見は自分の名を「高見ノ順」と呼ばれて仰天したが、格別それに抗議した形跡はない。

裕仁天皇の歌はあまり器用なほうでない。添削者はたぶん苦労するだろう。しかし、摂政時代から半世紀にわたる作歌を通観すると、祖父そっくりの境地、自然観を抽出することが可能だ。たとえば、一九七三年の歌会始の題は「子ども」であり、裕仁天皇の歌は「氷る広場すべる子どもらのとばしたる風船はゆくそらのはるかに」というのであった。同じ題のもとに、嫡男・明仁皇太子は「つぶらなるまなこらして吾子は言ふしゅろの葉の柄にとげのありしと」と詠み、美智子妃は「さ庭べに夏むらくさの香りたち星やはらかに子の目におちぬ」と技巧をこらした。ついでながら、この嫡男夫妻には、子供を詠んだ歌がずいぶん多い。「家に待つ吾子みたりありて粉雪降るふるさとの国に帰りきたりぬ（七一年・美智子）、「子供らの遊びたはむるる声のなかひとときは高し母を呼ぶ吾子」（六六年・明仁）、「少年の声にものいふ子となりてほのかに土の香もちかへる」（同年・美智子）。この年の題は「声」であった。題が「魚」であった六七年に、皇太子は「ガラス壁に生みし卵をかはりあひて親のティラピア守り続けをり」と歌った。マイホーム・パパのポーズを、次代の「国民統合の象徴」は、周到にうたいあげている。美智子妃のほうは、修練のすえ微細なものの短歌的表現が上達したが、作品はおのずから「御歌所派」とよばれるエコールへの反抗ともなっている。

嫡男夫婦の歌に比べて、裕仁天皇の歌は、〝至尊風〟というのだろうか、たとえばこうだ。「国のつとめはたさむとゆく道のした堀にここだも鴨は群れたり」（六五年・題は「鳥」）、「日日のこのわがゆく道を正さむとかくれたる人の声をもとむる」（六六年、「声」）、「わが船にとびあがりこし飛魚をさきはひとしき海を航きつつ」(六七年、「魚」)。裕仁天皇の意識は、隠者ではなくあくまで現役の〝象徴〟であり、全体への奉仕を志している。「空」や「海」のイメージは、祖父、明治天皇に生き写しである。

壮年期の歌を一つだけあげれば、紀州南端の潮岬に、一九三〇年代の作品が、石碑になって立っている。「紀伊の国の潮のみさきにたちよりて沖にたなびく雲をみるかな」。うまい歌とはいえない。が、潮岬に来て、奇岩をかむ太平洋の怒涛に目を奪われず、沖の雲を見ることのできるのは、まさしく〝大人物〟である。目のつけどころが、凡人とちがうのだ。帝王や帝王学になじみの薄いわれわれは、どうやら、常人のものさしで裕仁天皇と天皇制とを計り、その結果、相手を過小評価しているきらいがある。

〔人名解説〕

佐藤栄作(一九〇一―七五)政治家　六四～七二年、総理大臣。

田中角栄(一九一八―九五)政治家　七三年当時、総理大臣・自由民主党総裁。

増原恵吉(一九〇三―八五)内務官僚出身の政治家。佐藤内閣、田中内閣で防衛庁長官を務めた。七三年五月、天皇に「内奏」した際、「戦前の軍の悪い所は学ばずに良い所を学んでしっかりやるように」などと言われたと記者に話したことが問題になり辞任。

藤山寛美(一九二九―九〇)俳優、七三年当時、松竹新喜劇の最高責在者。

野村克也（一九三五—）プロ野球選手・監督。七三年当時、南海ホークスの監督兼捕手。

ディヴイッド・バーガミニ（一九二八—?）著述家、著書『天皇の陰謀』（Japan's Inperial Conspiracy）は七一年刊行。七三年、いいだももにより邦訳された。

Ⅱ 「天皇の文学」と近代天皇制

ここ二年ばかり、昭和天皇の和歌について調べてきた。動機はいくつかあるが、その一つは、一九七五年一〇月三一日の記者会見――これはテレビ中継された昭和天皇の唯一の会見――で、戦争責任についての質問に答えを拒否した例の発言、「そういう言葉のアヤと言うか、文学方面についてては、……よくわかりませんから、……お答えができかねます」に発憤させられたことである。あの答えには、戦争責任もろとも、「文学」をも小馬鹿にしたような響きがあった。それなら天皇の和歌は文学ではないのか、ないとしたらそれは一体何なのか。

昭和天皇は一方で「気持ちを率直に表す」のが自分の作歌の態度だと別の記者会見で語っている。それは祖父・明治天皇の「おもふことおもふがままにいひてみむ歌のしらべになりもならずも」という作とも共通する態度であるかのように見える。だが、天皇の歌は相聞でもなければ内心の独白でもなく、昔も今も、「御製」として示されることを予想して制作されるという特性をもっている、伝達・発信の行為である。何が伝達されるのか、建前とその裏ににじむ本音・下意識をひっくるめて、昭和天皇の世界観、自然観、つまりそのイデオロギーを抽出できるのではないか、というのがわたしの関心事である。そのために、文学鑑賞といった方法を排し、昭和天皇の作として公表されたすべての歌、さらに未公表であっても昭和天皇の作と推定できるものもあわせて、分析の対象とした。書き下ろし『昭和天皇の和歌』（九七年）はそのレポートであり、『歌くらべ　明治天皇と昭和天皇』（九九年）は同じ方法にもとづいた、自主的に政治にたずさわった二人の天皇の心の姿の比較である。

「大日本帝国」の統治者と「象徴天皇」の連続

わたしたち日本で暮らす者は時として見落としがちになるが、しかし多くの論者がすでに指摘していることだが、明治憲法のもとでの統治・統帥権者と現憲法のもとでの象徴天皇とのあいだには、天と地ほどの開きは、実は無い。次ぎに挙げるいくつかの論は、対アジアという観点をもふくめて、その事実を明らかにしている。

哲学者の花崎皋平は『アイデンティティと共生の哲学』でこう言う。「天皇ヒロヒトは、敗戦と国家滅亡の責任をいっさい負わず、アジア人民への加害の張本人であることを謝罪せず、退位もせず、『昭和』という元号もそのままに、人格的にも地位の上でも、大日本帝国時代と切断のない連続性を保って死んだ。『象徴天皇制』という形態での戦後憲法における天皇制の存置は、このように過去との連続性を保存することによって、日本国家と日本人に、自民族の歴史と文化について根本的な反省をしないですませてもよいという暗黙の了解をあたえるサインでもあった。」

現代ドイツに詳しい歴史学者の西川正雄は「西ドイツでは犯罪者をナチスに特定し、新たな国家を出発させようとした。日本では犯罪者を追及していけばまさに大日本帝国に行き着く。

その頂点にあったのが天皇であり、その彼が戦争責任を免れたとなれば、人民の誰が責任を負う必要があると言うのか、ということになる。」（論文「過去の克服」）と指摘する。

教育学者の尹健次は「象徴天皇制と戦後責任」と題する論文で、次ぎのような論を展開している。「〝日本は単一民族〟というのは虚偽であるが、その虚偽は戦後の日本では国民統合のキーワードとして強力に信じ込まされたものであり、そこにおいて象徴天皇が要としての役割を果たしてきた。しかも、そうした天皇が憲法第一条の〝主権の存する日本国民の総意〟に由来し、かつ過去の植民地支配や戦争遂行の責任を一貫して否認しつづけていることからするとき、その関係構造からして天皇と日本国民は〝過去の清算〟を果たさないことにおいて〝共犯〟関係にあると言ってさしつかえない。」

この報告を準備しているとき、針生一郎がわたしにハガキで「武藤一羊と天野恵一の論文（栗原幸夫編集『ルヴィジオン』誌第一号）が戦後天皇制を戦後構造の中心にみごとに位置づけていて参考になる」と教えてくれた。武藤論文「〝ねじれ〟を解く」は、戦後の日本国家が、「相互に並び立つことのできぬ三つの構成原理の折衷的統合として成立し、継続してきた」として、米国の反共自由世界原理、憲法の絶対平和主義、そして大日本帝国の継承原理が、並行的に戦後日本国家の構成原理として機能した、と論じている。帝国の継承性は天皇制の存続と昭和天皇の免責によって、「過去との断絶を明確にしないという形で保存され、維持されている」と武藤は言う。天野論文「〈占領民主主義〉の神話と現実」は、豊下楢彦の研究を援用しながら、延命した天皇制が「〈無責任＝欺瞞〉の最高形態」にほかならない、とする（この号にはほかに、池田浩士「終わらぬ夜としての戦後」という加藤典洋批判の好論文がある)。

これらの論に先立っていち早く、「主権在民の新憲法制定後も、昭和天皇の君主意識はそれ以前とほとんど変らなかった」と指摘したのは、歴史家の松尾尊兊であった。『思想』九〇年四月号の論文「象徴天皇制の成立についての覚書」で、松尾は、昭和天皇が首相や閣僚による「内奏」を好み、これに対して下問・ねぎらい・激励などの「公的行為」をしばしば行った事実を、奏上者たちの記述によって明らかにしている。

連続する天皇制　昭和天皇の意識は

昭和天皇自身の文章と歌から、その意識を探ってみよう。

四五年九月九日づけ、疎開中の明仁皇太子にあてた手紙が存在する。この手紙は皇太子に付き添っていた傅育官が写しを保管しており、八六年四月に公になった。昭和天皇は記者会見で、皇太子にたびたび手紙を出したことを認めたうえで「内容については、はっきりした覚えは今日はない」と述べた。手紙は「敗因について一言いわしてくれ」と前置きして、「わが国人」と「わが軍人」について述べたあと(自身については何も言わない!)、「戦争をつづければ三種神器を守ることも出来ず国民をも殺さなければならなくなったので涙をのんで国民の種をのこすべくつとめたのである」と記している。皇位継承の象徴である神器が先、国民が後になっていることに注意。

四五年一〇月から翌四六年五月まで侍従次長だった木下道雄は四五年一二月一五日の日記（『側近日誌』と題して九〇年刊行）に、天皇に〝拝謁〟して「宣伝的にならぬ方法にて世上に洩らす事、御許を得たり」と記し、次ぎの四首の歌を書き付けた。「爆撃にたふれゆく民の上をおもひいくさとめけり身はいかならむとも　身はいかになるともいくさとどめけりただたふれゆく民をおもひて　国がらをただ守らんといばら道すすみゆくともいくさとめけり　外国と離れ小島にのこる民のうへやすかれとただいのるなり」。「外国と」の一首は「海の外の陸に小島に」と改稿されてその年末に公表され、「爆撃に」の歌とともに昭和天皇の歌集に「終戦時の感想」と題して収載された。あとの二首は何者かによって消去された。

「国がらを」の歌が当時の支配層が唱えた「国体護持」そのものであることは説明するまでもない。だが、歌集に残った「海の外の陸に小島にのこる民の」の一首も、昭和天皇の意識を示している点で重要である。「のこる民」の実態は、取り残され、置き去りにされた人々だった。それを「のこる」とすり替えることで、置き去りにした側の責任はあいまいにされる。こうしたすり替えの例を、のちに昭和天皇の他の歌でも見ることになろう。

四六年の年頭に出された天皇詔書は、「人間宣言」とマスコミから呼ばれて、天皇と天皇制の劇的な変化を示したと受け取られた。それはしかし、巧妙に演出され国内に広められた錯覚・幻想ではなかったか。

たしかに、占領当局は、国家神道の禁止に引き続く「民主化」措置の一環として、天皇自身の発意の形をとった「神格否定」を求めた。それを受け入れる際、天皇側は明治天皇の「五箇条御誓文」の挿入をはじめ、国内の思想混乱への憂慮の表明を叙述ににじませることに成功した。そしてそれから二十年余をへた七七年八月の記者会見で、昭和天皇は堂々とこう述べた。「(五箇条御誓文の挿入が)実はあの時の詔勅の一番の目的なんです。神格とかは二の問題であった。……民主主義を採用したのは、明治大帝の思召しである。しかも神に誓われた。そうして『五箇条御誓文』を発して、それがもととなって明治憲法ができたんで、民主主義というものは決して輸入のものではないということを示す必要が大いにあったと思います。」

四六年歌会始(題「松上雪」)の昭和天皇の次ぎの一首は、「もう一つの年頭詔書」ともいうべき国民への訓示として読むことができる。「ふりつもるみ雪にたへていろかへぬ松ぞををしき人もかくあれ」。人もかくあれ! さらに付け加えれば、明治天皇にもよく似た「松」の歌がある。「あらし吹く世にも動くな人ごころいはほにねざす松のごとくに」。

このようにして始まった昭和天皇の戦後の意識のしたたかな継続性を、わたしたちは間もなく見ることになろう。

明治天皇の虚像にみずからを重ね合わせた三代目

七七年の記者会見で祖父を「大帝」と呼び明治憲法を「民主主義の憲法」と言ってはばからない昭和天皇の姿はすでに見た。昭和天皇は幼少のころから、とくに摂政就任後は集中的に、明治天皇の偉業について教え込まれてきた。その和歌にも、明治天皇の声調に倣ったとみられる作が少なくない。

六〇年歌会始の「さしのぼる朝日の光へだてなく世を照らさむぞわがねがひなる」は、折からの安保改定反対闘争の渦中での政治的発言として物議をかもしたが、よく知られた明治天皇の「さしのぼる朝日のごとくさはやかに持たまほしきはこころなりけり」を連想させる作でもある。もっと似た明治天皇の歌もある。「さしのぼる朝日の光くもりなくさかえむ国をわれいのるかな」

昭和天皇は、「立憲君主」という自己規定に、戦後たいそうこだわった。七一年の在東京外国人記者団との会見では、（おそらく事前に提出された予定の質問に側近が用意した回答にもとづいて）次ぎのように発言している。「わが国では、私の祖父明治天皇が立憲政府を樹立され、私は明治天皇のご意志に従って、立憲君主として行動してきています」。〝七〇年〟を乗り切ったあと、昭和天皇（とその側近）は「君主」であることをあからさまに名乗って疑いを持たない。

七五年の米国訪問の直前、『ニューズウィーク』誌のクリシャー東京支局長との会見で、「生涯で最も影響を受けた人は」という問いに答えた次ぎの発言には、文体から見てこれも同様に事前に準備されたもののようだが、明治天皇の行動に自身を重ね合わそうとする昭和天皇の内心が表現されているようだ。「……私は多くの人々に会い感化を受けましたが、誰がいちばん大きな影響を与えたかを指摘するのは、極めてむずかしいことです。

歴史上の人物から誰か偉大な人物を選ぶとしてもちゅうちょします。私が何かお話しすれば、その人物の子孫に何らかのはね返りを生ずる恐れがあるからです。

皇室の中からあげることができるとすれば、祖父明治天皇をあげます。私は常に祖父の行ないを心に留めています。」

昭和天皇の無責任な責任感覚

昭和天皇を根っからの平和愛好者に仕立てることが、象徴天皇制の演出者たちの使命だった。四一年九月の「御前会議」の席上、昭和天皇が読み上げたと伝えられる明治天皇の「よもの海みなはらからと思ふ世になど波風のたちさわぐらむ」という歌も、その証拠に挙げられた。だが、この歌は〇四年、日露開戦の年の、おそらくは開戦前の作と推定される。ならば、まさに開戦決意の歌、しかし「責任はこちらにはないぞ」という意思の表明、つまり「まことにやむをえざるものあり　あに朕が志ならむや」という弁明に過ぎない。

太平洋戦争の開戦の翌月、四二年の歌会始での昭和天皇の歌はこうだ。「峰つづきおほふむら雲ふく風のはやくはらへとただいのるなり」。疑いもなく、これは戦勝祈願の歌である。「ふく風は夷をはらひ」と攘夷の歌を詠んだ曾祖父・孝明天皇を思い出すなら、それは明らかだ。

戦争は敗北に終わった。四五年秋、昭和天皇は伊勢神宮、橿原神宮、明治天皇陵、大正天皇陵、靖国神社を巡拝し、何ごとかを奉告した。ご先祖様に申し訳ない——敗戦責任は拝礼によってあがなわれたらしい。開戦責任については、七一年の欧州訪問に先立つ伊勢神宮への参拝のときの感想と推測される「戦をとどめえざりしくちをしさななそぢになる今もなほおもふ」の一首を、その種のものとして読むことができるが、一方で次ぎのような歌も詠んでいる。「よろこびもかなしみも民と共にして年はすぎゆきいまはななそぢ」（七〇年、「七〇歳になりて」）。なにか映画の題名みたいだが、歌意は「民と共に」の強調にある。七六年の「在位五十年」には「喜びも悲しみも皆国民とともに過しきぬこの五十年を」と似たような作がある。この際、次の詔書の文言を思い出すのも、無益ではないだろう。「朕は……常に爾臣民と共に在り」（四五年八月一五日）、「然れども朕は爾等国民と共に在り、常に利害を同じうし休戚を分たんと欲す」（四六年一月一日）。詔書のこのくだりを〝やまとことば〟に替えれば、「喜びも悲しみも」の歌になる。こうして、戦前・戦中・戦後にわたる「この五十年」は、すべて「国民」と苦楽を共にし、つまりは国民と責任を共有しつつ、のっぺらぼうの連続する時間にすり替えられる。戦中と戦後とのケジメは消えうせる。国民にもたれかかり、のしかかって、昭和天皇個人の「この五十年」の責任は不問に付される。

「統合の象徴」としての巡行・植樹祭・国体

四六年春から「巡幸」と呼ばれた地方巡行が始まり、同年一〇月、宮内庁から三首の歌が発表された。「戦のわざはひうけし国民をおもふこころにいでたちてきぬ　わざはひをわすれてわれを出むかふる民の心をうれしとぞ思ふ　国をおこすもとゐとみえてなりはひにいそしむ民の姿たのもし」。第一首目は四五年、江東地区の戦災地視察のとき想をえたものと後に判明するが、「民」は戦災を忘れたと見なされ、生業にいそしむことで興国の基礎を築くその姿を称賛される。「たのもし」「ををし」はては「たふとし」と、生産と復興にたずさわる人々は持ち上げられる。それは、昭和天皇の下意識に、「たたかひ」の継続として投影してはいなかったか。

地方巡行は、戦後初めて発明されたのではなかった。一二年の摂政就位以来、軍の「大演習」を「統裁」するために各地に出掛けた昭和天皇は、途中で有位者＝有力者を引見した。戦後は無位無官の人々が加わっただけである。

巡行がほぼ一段落したあと、植樹祭・国民体育大会への出席という形で地方出張は几帳面に継続した。その印象は歌に詠まれ、歌には周到にも地名が詠み込まれ、あちこちに昭和天皇の歌碑が建つきっかけとなった。歌碑の持つ象徴作用・国民意識の統合作用は軽視できない。

「まつりごと」＝政治・祭事と「祈り」

明治天皇も昭和天皇も、神に関する歌、祭事や祈りに関する歌を多く詠んだ。「神」は皇祖神を始めとして、神道の神々、靖国の神に及んだ。昭和天皇の祈りの歌はどこか呪術ふうで、時には災害対策や環境保全まで「祈」られる対象となったが、おおかたは世界の平和（と国民の幸福）で、これまた明治天皇の声調をひきついでいる。

明治　神がきに朝まゐりしていのるかな国と民とのやすからむ世を

昭和　あめつちの神にぞいのる朝なぎの海のごとくに波たたぬ世を（三三年歌会始「朝海」）

わが庭の宮居にまつる神々に世の平らぎをいのる朝々（七五年歌会始「祭り」）
やすらけき世をいのりしもいまだならずくやしくもあるかきざしみゆれど
（八八年「全国戦没者追悼式」）

戦後、昭和天皇による祭事は、皇室の「私事」という名目で、しかし当事者にとっては真剣な行事として、戦前・戦中と同様、厳粛にとり行われた。祭事が昭和天皇の行動と意識に何の影響も持たなかったとは考えにくい。

政治に関する歌は、祭事についてのそれに比べると少ない。明治天皇には王権神授説と〝聴政〟意識が濃く、昭和天皇のほうが政治に対して積極性が強いように見受けられる。

明治　ことのはの道のおくまでふみわけむ政きくいとまいとまに（〇三年、「詞」）
同　おこたらずいでてきかまし御祖よりうけつぎたりしわがまつりごと（〇五年、「政」）
同　神代よりうけし宝をまもりにてをさめきにけり日の本のくに（〇七年、「宝」）
昭和　山山の色はあらたにみゆれどもわがまつりごといかにかあるらむ
（二八年歌会始「山色新」、「昭和」に入っての最初の作）
同　国のつとめはたさむとゆく道のした堀にここだも鴨は群れたり（六五年歌会始「鳥」）

外交と戦争の「弁証法」（？）

昭和天皇の「平和主義」の証拠として、三三年に詠まれ、白川義則陸軍大将の遺族に与えられた次ぎの歌がよく引き合いに出される。「をとめらの雛まつる日に戦をばとどめしいさを思ひ出でにけり」。その一年前、三二年三月三日、上海派遣軍の白川司令官は部下に戦闘停止の命令を発した。上海での中国国民政府軍との戦闘が優位に転じた時点での一方的停戦宣言は、天皇が直接赴任前の白川に命じたことでもあった。いわゆる上海事変は、その前年からの中国東北部での日本軍の軍事侵略に対して国際連盟が抱いた疑念を上海での衝突の方向へとそらし、その間に東北部の侵略を既成事実にしようとする大戦略の一部だった。三月一日に「満洲国」は成立を宣言し、停戦命令はその翌々日である。ちょうど間に合った。天皇がほめるのは当然である。昭和天皇が軍事に関して系統的な教育を受けた最初の天皇であることも指摘されねばならない。外交と軍事が表裏一体の関係にあることを、昭和天皇が知らないわけはなかった。

明治天皇には戦争を直接指導した形跡はないが、日露戦争時がその作歌の最盛期にあたったこともあって、「いくさ」にかかわる歌を多く詠んだ。帝国主義時代の帝国の統治者にふさわしく、戦勝の果実としての領土＝植民地の拡大を無邪気に喜んだ。台湾、サハリン、朝鮮、「北支那」＝関東州についての歌もかなりある。日露戦後かなりたって、「演習」と題する次ぎのような歌も詠まれている。「をさまれる世にみだれ世をわすれじといくさの道をならし野のはら」。演習場の習志野は、台湾第一の高峰「新高山」と同じく、明治天皇が命名者である。

昭和天皇の戦争詠は、明治天皇の作歌を学んだとすれば相当の数にのぼるはずだが、そしてたとえば三五年から侍従として丹念な日記を残している入江相政は戦時中の「御製」の存在を記述しているが、白川を詠んだ歌以外は公表されていない。歌集の編集者が、「国がらを」の歌などと同様、都合の悪い作を「なきもの」にしてしまったのだろう。その代わりというわけでもないが、戦後の「皇室外交」と呼ばれているものに関する歌はかなり多く収載されている。

まず、五八年、フィリピンのガルシア大統領夫妻を迎えての歌。「外国のをさをむかへついさかひを水にながして語らはむとて」。「いさかひ」とはフィリピンの民衆にとって、むきだしの侵略・殺人・略奪・虐待にほかならなかった。「水に流して」とはとても言えるものではなかろう。これにつづく二首目の歌は、いくらか気がさしたような趣もある。「戦のいたでをうけし外国のをさをむかふるゆふぐれさむし」。が、「いたでをうけし」には問題がある。いたでを与えたのはだれか、があいまいにされているからだ。端的に言って、加害者は「皇軍」であった。さらに三首目、「喜びて外国のをさかへるをば送るあしたは日もうららなり」。この感覚ないし無感覚こそが、昭和天皇（とその歌集の編集者）のものなのであった。

七一年、ヨーロッパ訪問の歌にも、気になるものがある。「イギリス」と題された二首を引く。「戦果ててみそとせ近きになほうらむ人あるをわれはおもひかなしむ　さはあれど多くの人はあたたかくむかへくれしをうれしと思ふ」。少数の人がまだ「うらんで」いるとは、これも例の問題のすり替えである。天皇がゆうゆうと在位し、過去への責任をとろうとしないことに抗議し「怒り」を表明する人々はたしかにいた。怨み、逆怨みといった次元の話ではない。もう一首、「西ドイツ」と題する歌がある。「戦ひて共にいたつきしひとびとはあつくもわれらをむかへくれける」。ここには事実誤認がある。第二次大戦で昭和天皇と共に戦ったナチスドイツの指導者たちは、居るとすれば監獄の中だったろう。外交儀礼に従ってねんごろに迎えてくれたのはヒトラーに抵抗した人々の代表なのである。

時代はさらに下って八五年、筑波の科学万博での歌がある。「知らざりし外つ国のたつきを館にてはじめて見つつたのしみにけり」

どうということのない、漠然とした一首に見えるのだが、詞書を読んで愕然とした。「南太平洋、アフリカ、ソ連、大韓民国、タイ、中国の館にて」。アフリカを別とすれば、植民地にし、侵略し、占領し「保護」した国や地域ではないか。「知らざりし」はいくらなんでも、無い話だろう。

まとめ

まとめとして、およそ五点ほどを挙げることができよう。

一、昭和天皇は、私人としてはいざ知らず、公人としては不正直・不誠実である。

二、その責任感覚は、なにか転倒・倒錯しており、その結果、かれの〝赤子〟(日本国民と植民地の民衆)および日本帝国の侵略の害をこうむったアジアの民衆に対し、無責任(責任無自覚)に終始した。

三、自身への根本的な反省を行わず、意識のうえで一貫して「統治者」でありつづけた(この点ではとくに戦後、昭和天皇の側近にあった者たちが、こうした性向を助長した)。

四、『昭和天皇の和歌』で昭和天皇について「特別な人間でありつづけた」とわたしは書いたが、その意味は、神の子孫であるという幻想から醒めることなく、したがってこの国を統治する正統性と権限を持つという信念を終生変えなかった、そのような〝人間〟だった、というものだ。

五、こんにち、近代天皇制を、いろいろな手法と手段で、文学の問題・意識の問題として問うことには、一定の効用があると思う。

Ⅲ　プロパガンダとしての「御製」

はじめに

昭和天皇は、八七年八ヵ月余にわたる生涯を通じて、数多くの歌を詠んだ。その総数は知られていないが、記録された作は八七〇首ある（注1）。昭和天皇にとって歌とはどのようなものだったか、自身の談話が、ジャーナリストの高橋紘がまとめた記者会見での発言録『陛下、お尋ね申し上げます』（一九四七年六月三日、皇居紅葉山・御養蚕所。「作歌の態度」を問われて）に、次ぎのように記されている。

「私はできるだけ気持ちを率直に表わしたいと思っているが、そういう精神で歌をこれからも勉強したい」。

この発言が「率直」かどうかを検証するのは本稿の目的ではないが、昭和天皇の和歌は、天皇の意識や行動を説明する根拠として、多くの人が使ってきた。ひたすら崇拝・崇敬する言説が、マス・メディアによる引用を含め大多数だが、一方で、より客観的な研究の素材に用いられた例もある。坂本孝治郎が一九八九年に公刊した『象徴天皇制へのパフォーマンス』もその一つで、敗戦後・占領期を中心に昭和天皇の「地方巡幸」、和歌、新聞記事・写真を、一連の「儀礼戦略」として分析したものである。歌人の内野光子は、宮中歌会始の変遷や昭和天皇の側近者の言説を丹念にたどり、短歌運動の戦争責任・戦後責任にも触れながら、天皇の「御製を情報操作の対象としている」勢力の存在を指摘した。筆者もここ数年間、和歌を通じて、昭和天皇の意識ないし下意識、ひいては近代天皇制の一側面の研究を続けてきた。

本稿は、「プロパガンダ」を作業概念として、一九四五年から翌年にかけての天皇制の危機的な時期に、昭和天皇の和歌がどのように制作され流布されたかについて、追究したものである。作業にあたって、「プロパガンダ」には山本武利の『ブラック・プロパガンダ』を援用し、「シンボルを大規模に駆使し、個人や集団に影響を与えるシステマティックなコミュニケーション活動」と定義しておく。

1.「社頭寒梅」

第二次世界大戦の最終年となった一九四五（昭和二〇）年一月、東京。二二日午前、恒例の「歌会始」が皇居で催された。兼題は「社頭寒梅」で、そのもようは、翌二三日の各紙朝刊で、次ぎのような見出しを付けて報道された。

「畏し・御製を賜はる　宮中歌御会始の御儀」（朝日新聞）、「畏し御製に拝す必勝の御祈念」（毎日新聞）、「御製に必勝御祈念　決戦敢闘の民草に垂れ給ふ大御心」（読売報知）。

掲載位置は「朝日」が一面左肩、「毎日」と「読売」がいずれも二面トップである。当時、新聞用紙の供給はとぼしく、前年の一九四四年三月から夕刊は休止、残る朝刊は一九四四年一一月からいわゆるペラ一枚、二ページ一五字づめ一六段組みという窮屈な紙面だったから、歌会始の記事は相対的にたいそう大きく扱われたことになる。記事の長さも相当なもので、歌会の経過の叙述が各紙とも約五十行、皇族・王族の歌が秩父宮雍仁親王を筆頭に朝鮮の李王一族に至る男女二六人二六首、一般の詠進歌から選ばれた「預撰歌」五首が掲載されている。活字の組み方にもよるが、これだけで一〇〇行近くになる。天皇（昭和天皇）の「御製」、皇后（香淳皇后）・皇太后（貞明皇后）の「御歌」は別格で、目立つように活字を大きくしたりゴチック体にするなど工夫がこらされた。天皇「御製」の意味の解説や、歌会始に関する宮内大臣談話を加えた新聞もある。

昭和天皇の作品は「風さむき霜夜の月に世をいのるひろまへきよく梅かをるなり」。皇后は「御民らのこころさながら神垣のさむさにかちて梅もさくらむ」、皇太后は「しづまれる神のこころもなごむらむあけゆく年の梅のはつ花」と詠んだ。

歌会始は「宮中御嘉例」の儀式として「古式ゆかしく執り行はせられた」（「朝日」）。「毎日」は「風さむき」の歌を、こう解説した。「三殿（注2）その他に御祭儀を行はせ給ふ際、大前に立たせられただただ皇国の必勝を祈らせ給ひ民草の福祉を御祈念あらせ給ふ大御心のほど拝察するに畏き極みである」。天皇の「世をいのる」は、もっと幅広く解釈する――たとえば後年、昭和天皇自身が語ったように「ただ国民の幸福と世界の平和を祈って、その務めを一生懸命やったに過ぎません」（那須御用邸・澄空亭での一九七四年九月六日の記者会見）というふうに――ことも可能ではあろうが、一九四五年一月の時点では、時局にひきつけての戦勝祈願の歌とされた。新聞は、見出しや記事でその狭い解釈を強調したが、それが当局の検閲を通ったこと自体、支配層からマス・メディアに至る勢力が、非勢の戦局を神々に祈ってでも挽回したいと願い、その思いに読者を従わせようと懸命だったことを物語る。その際、皇后・皇太后が、中尊に侍立する脇侍さながら、天皇の作を補強・補完しているのが見てとられる。とりわけ皇后が「御民ら」の心に言及して、「さむさにかちて」花開く春を迎えるであろう、と歌っていることが注目される。「さむさ」は天皇の「風さむき霜夜」に呼応し、「かち」は「克ち」と「勝ち」の両様に読める。「必勝の信念」という新聞の解釈は皇后のこの歌によって補強されている。

「御製」という言葉（注3）についても、一言しておくべきだろう。天皇（もしくは上皇）の歌の呼称として用いられる「御製」や、皇后・皇太后の「御歌」は、ふつうの短歌や和歌とことさら区別して、特別のありがたい（「畏い」）存在として取り扱うべきことを、言葉自体が求めている。それは批評や批判を許さない言葉遣いである。あえて、あるいは不用意に批判する者には「不敬」の烙印さえ押されかねない、ある意味で危険な用語である。

天皇・皇后・皇太后の「三尊」ふうの構図は、この年に限ってのことではなく、「古式ゆかしく」続いてきていた。一例をあげれば、元号が「昭和」となって最初の、一九二八（昭和三）年歌会始、題して「山色新（さんしょくあらたなり）」の三者の歌はこうなっている。天皇「山山の色はあらたにみゆれどもわがまつりごといかにかあるらむ」、皇后「雲の上にそびゆる富士のあらたなる姿や御代のすがたなるらむ」、皇太后「大君の御代のはじめのよろこびをあらたにみする山の色かな」。「昭和」という時代は、このような祝福の歌で始まった。そして戦争に行き着いた。「社頭寒梅」はその戦争の到達点、「わがまつりごと」の果ての姿である。

2.「松上雪」

祈りは神に届かず、戦争は敗北に終わり、日本は連合軍の進駐・占領のもとに置かれて、一九四六（昭和二一）年の新春を迎えた。

歌会始は続いていた。兼題が「松上雪」であることは前年一〇月に発表されており、一般の詠進歌も数は減ったが半減には至らなかった（一九四五年二〇四一七首、一九四六年一四二六二首、減少率は約三〇％）。新聞でも歌会始は報道されたが、扱いは前年に比べてずっと地味で、第二面の左上ないし二段目、分量はほぼ四〇～五〇行。その中に天皇の「御製」と皇太后の「御歌」、「預撰歌」五首も含まれている。ほかの皇族の作はゼロ、「読売」だけ竹田宮恒徳王の歌を代表格で一首のせた。皇后は実妹・三条西信子が前年一一月に死去し喪中のため欠席だった。見出しは「毎日」の二段が最大で、「国民の苦難をお偲び　御製に拝す大御心」の二本だが、「朝日」・「読売」は歌会始があったことがわかる程度の簡単なもの。それでも「御嘉例の宮中儀式」「古式ゆかしく」（いずれも「朝日」）という言葉遣いは残っている。

昭和天皇の作は「ふりつもるみ雪にたへて色かへぬ松ぞををしき人もかくあれ」というもので、「毎日」はこれを「四季に屈せぬ松ヶ枝にしづしづと白雪のつもる新生日本の平和を示されたもの」が題の意義であり「御製は苦難に堪へて再建に邁進する国民の姿を詠じられた」と解説した。皇太后の作として披講された歌は「よのちりをしづめてふりししら雪をかざしてたてる松のけだかさ」だった。ただし、この歌の作者がだれかについては、考証の余地がある（注4）。

それはともかく、松＝日本国民、雪＝苦難という単純な比喩は、はたして正解か。結句に「人もかくあれ」とわざわざ記されたのはなぜか。新聞が当時あえて書かなかった昭和天皇の真意＝国民へのメッセージは、もっと入り組んでいたし、少なからぬ数の読者は言わず語らずのうちに、その含意を感じ取ってもいた。

「雪」を「苦難」一般に解消するのは必ずしも適切でない。特定の時節の特定の苦難、すなわちこの国土をおおう「占領」という、冷たく、重苦しい現実が「ふりつもるみ雪」なのである。「松」は日本の代表的な常緑樹で、冬になってもその「色を変えぬ」ことが珍重される。一方、「大内山」とも呼ばれた「宮城」は、千代田の城の石垣高く、緑の松に囲まれた場所としてのイメージを与えてもいた。「よのちりを」の歌の結句「松のけだかさ」は、護持された天皇制を暗示するものと深読みすることさえ可能な表現だった。

一九四六年の年頭、マス・メディアが「人間宣言」とのちに名付けた詔書が発表された（当時は「新日本建設に関する詔書」と呼ばれることが多かった）。詔書作成のいきさつや詔書の性格については、すでに多くの研究がある。その際に有力な資料となったのが、当時の侍従次長・木下道雄が書き留めた『側近日誌』と、発表から三十年あまり後の、一九七七年八月二三日、那須御用邸・嚶鳴亭での記者会見の昭和天皇みずからの発言（高橋、前掲書）である。天皇は、詔書の冒頭に明治天皇の「五カ条の御誓文」の全文を引用したのは自身の希望に基づくもので、「それが実はあの時の詔勅の一番の目的なんです。神格とかそういうものは二の問題であった」と語り、「民主主義を採用したのは明治天皇の思召しである。しかも神に誓われた。…民主主義というものは決して輸入のものではないということを示す必要が大いにあった」と述べた。国民の思想問題、「日本の国民が日本の誇りを忘れないように」というのが、この詔書に署名した人物の思いであった。詔書と「松上雪」、同年同月に発表されたこの二つの発言を重ね合わせるならば、詔書の中の次ぎのような文言がくっきりと浮かび上がってくる。「…戦争の敗北に終りたる結果我国民は…詭激の風漸く長じて道義の念頗る衰へ為に思想混乱の兆あるは洵（まこと）に深憂に堪へず…我国民が…我至高の伝統に恥ぢざる真価を発揮…朕は朕の信頼する国民が朕と其心を一にして、自ら奮ひ自ら励まし…」。

小森陽一は『天皇の玉音放送』で、昭和天皇の「詔書の言説における歴史認識」を研究し、天皇が「五ヵ条御誓文」を全面肯定したうえで「誓ひを新にして国運を開かんと欲す」と述べたレトリックは「昭和天皇による国家統治の継続を〝新ニ〟宣言した」ものにほかならず、「これから〈建設〉される〈新日本〉とは、とりもなおさずヒロヒトが統治する国家なのである。」と分析した。

昭和天皇は入念な人で、その後も何年かにわたって、「雪」と「松」の主題を歌に詠み続けている。一九四八年歌会始、「春山」の題で発表されたのは「うらうらとかすむ春べになりぬれど山には雪ののこりて寒し」だが、もう一首、こんな歌も詠んでいる。「春たてど山には雪ののこるなり国のすがたも今はかくこそ」。「松」のほうは、一九四七年末に宮内府が発表した

「折にふれて」の三首のうち二首が「松」を詠んだ歌である。「冬枯れのさびしき庭の松ひと木色かへぬをぞかがみとはせむ　潮風のあらきにたふる浜松のををしきさまにならへ人々」。和歌の形式をとった執拗なまでのこの説示。解説を加えるまでもないだろう。

歌会始が少しずつ現代化してゆくのは、一九四七年からである。兼題が「あけぼの」といった平明なものに変わり、一九四六年四月に「御歌所」が廃止されて「歌会始委員会」が主管するようになり、選者には旧御歌所寄人の千葉胤明、鳥野幸次に加えて斎藤茂吉、佐佐木信綱、窪田空穂ら歌壇の大家が任命され、預撰歌が一挙に三倍増の一五首となるなど工夫がこらされた。預撰者は、一九四八年から皇居に招かれて儀式後に天皇・皇后に「拝謁」を許され、一九四九年には式場の隣の間で披講の声だけ聞けるように、一九五〇年からは式場で「陪聴」できるようにと、しだいに扱いが丁寧になった。

「松上雪」はその後もしばしば想起され利用された。近い例では二〇〇二年二月、小泉純一郎首相が国会での施政方針演説の結びに引用し、「現在の難局に雄々しく立ち向かっていこう」と議場に呼びかけさえした（注5）。

3.「終戦時の感想」

「社頭寒梅」と「松上雪」、二つの「歌会始」に挟まれた激動の時期にも、昭和天皇は和歌を詠んでいた。そのうち一部が、特定の意図のもとに流布されてもいた。

一九四五年一二月一五日午後、木下道雄侍従次長は昭和天皇に「拝謁」した。木下は『側近日誌』に、こう書き留めている。

「御製を宣伝的にならぬ方法にて世上に洩らすこと、御許を得たり。

　終戦時の感想

爆撃に　たふれゆく民の上をおもひ　いくさとめけり　みはいかならむとも

身はいかに　なるとも　いくさとどめけり　ただたふれゆく民をおもひて

国がらをただ守らんといばら道　すすみゆくとも　いくさとめけり

外国と　離れ小島にのこる民の　うへやすかれと　ただいのるなり」。

「洩らすこと」を、天皇と木下のどちらが最初に言い出したのか、日誌は語らないが、「洩らし方」のほうはわかる。一二月一七日、木下は大金益次郎・宮内次官に四首の歌を示し、大金は「外国の」一首を新年に発表しては、との意見を述べた。

この歌は、修整（注6）をへて、一二月二九日、石渡宮内大臣と木下が記者団に天皇・皇后の日常について話した際、木下が発表した。

　海の外（と）の陸（くが）に小島にのこる民のうへ安かれとただいのるなり

「宣伝的にならぬ方法」であったかどうかは、あくまで当人の主観によるものなので、この発表をどう理解すべきか、一概には言えない。そもそも、「これは宣伝なのだぞ」と断ったうえで何事かを宣伝するよりは、さりげなく告知するほうが、大きな効果をあげる時もある。

効果はただちに表れた。一九四六年一月元日、この日だけ四ページに増やした各紙は、天皇の年頭詔書を一面に掲げる一方、二面トップで天皇の日常を写真入りで念入りに報じた。一年前の元旦、「最高戦争指導会議」に「臨席」する軍服姿の遠景とは対照的に、この年は、第三皇女・孝宮（のちの鷹司）和子とともに散策する背広姿の天皇が大写しになっていた。「海の外の」も立派に期待された役目を果たした。「未だ海外に残つてゐる同胞の上を思はれて、最近の御製に『海の外の…』と詠まれた」（「朝日」）、「陛下は終戦後輸送関係からはかばかしく帰国の出来ない同胞の上に少からず御宸襟を悩ませ給ひ　ひたすら外地同胞の健全を神前に祈念遊ばされつつあるのである」（「毎日」）。

実はこの一首の問題点は、「のこる民」という形容にあった。海外に「残つてゐる」者のほとんど全員は、自発的に「のこる」ことを選んだのではなく、残された、もっと露骨に言えば置き去りにされた人達だった。それをあえて「のこる」と歌うことで、置き去りにした側の責任が見えにくくなる。「遺棄」が「残留」にすり替わる、含意の転倒。ここにこの一首の、きわめて政治的とさえ言える役割があった。

ともあれこの年から、年頭の新聞原稿用に天皇はじめ皇室の成員の歌を発表するのが定例になり、ときにはその他の機会をとらえての「御製」の発表（注7）によって、歌は、「人間天皇」とその一家の「人間的」側面を語る格好の素材とされた。一度だけだが総合雑誌も昭和天皇の和歌を大々的に伝達する媒体となった（注8）。

木下は、一首の発表だけでは満足しなかった。退官から二十余年後の回想記『宮中見聞録』に「当時お詠みになった歌を後で拝見させていただいたので、四首ここに載せさせていただく」

と書いて、四首とも書き並べた。

この記述に力を得たのか、これらを「御製」として刻み込んだ歌碑が日本のあちこちに建つようになった。歌碑とは一種の記念碑＝モニュメントで、ある事績を後世に伝える目的で制作・建造される。不二歌道会代表の鈴木正男は、著書『昭和天皇のおほみうた』で、一九九五年五月現在、「日本を守る国民会議」の各県事務局と不二歌道会各県支部の協力により確認された一九五基の一覧表を資料に挙げているが、それによると、「みはいかに」は東京・江東区の富岡八幡宮境内など六基を数える。ほかに「国がらを」が一基、福島市の光農場の碑に「みはいかに」と共に刻まれている。六基は数の上では第二位で、その多くは一九八六年後半、昭和天皇の「在位六十年」を「奉祝」する目的で、それぞれの地元有志を発起人として建てられた。なお歌碑の一位は、一九三三年歌会始（題は「朝海」）の「あめつちの神にぞいのる朝なぎの海のごとくに波たたぬ世を」の九基。「松上雪」（ふりつもる）も三基あるが、終戦時の感想のうち「爆撃に」と「海の外の」の歌碑は確認されていない。歌碑の建つ場所は昭和天皇の立ち寄り先がほとんどで、敗戦後数年間の「地方巡幸」、一段落したあとの国民体育大会開会式や全国植樹祭などへの出張などで「ゆかりの地」があちこちに増えたので、沖縄を除く都道府県すべてに歌碑が建つ結果となった。記念碑としての歌碑は、見方によっては恒久的な「屋外広告」でもあり、「宣伝的」な効果も期待できるから（注9）、木下の意図は十分に達せられたと言えよう。

ところが、「みはいかに」と「国がらを」は、宮内庁侍従職編集の昭和天皇歌集『おほうなばら』

（一九九〇年）には収められていない。「爆撃に」と「海の外の」だけが、巻末の徳川義寛の「解題」に「二首は終戦時の御感想であった」とされているのみである。徳川はまた、岩井克己による聞き書き『侍従長の遺言』（一九九七年）の中で、「木下さんの日記も困ったもので、陛下の歌を草稿のまま写しておられるんです」とも語っている。

別の本で、宮内庁編集の『昭和天皇御製集』になると、「終戦時の感想」は「海の外の」ただ一首である。ただし、巻末の解説で、御用掛を一九八三年から務めている岡野弘彦は、「みはいかに」に関し、「あの痛切な、敗戦の決断にかかわるお歌」について「最後のご相談にあずかった」と書いているから、昭和天皇がのちのちまでこの歌に執着していたことがわかる。「国がらを」に関して言及がないのは、終戦の詔書にも記されていた「国体護持」が、敗戦直後のマス・メディアなどによって繰り返し高唱されながらも、新しい憲法の公布・施行など歳月の経過によって、これまた巧みにメディアの表面から姿を消していったことに関係があるかもしれない。

4. 連綿たる「波風」

ここまで、一九四五～一九四六年にわたる「御製」の利用のされ方を見てきたが、この現象は危機的な状況のもとでの一時的なものとは言えない。明治以降の近代天皇制のもと、連綿として続いてきた事象でもある。「波風」を詠む歌によって、駆け足で歴史を振り返ろう。

「よもの海みなはらからと思ふ世になど波風の立ちさわぐらむ」。よく知られた明治天皇の歌である。一九〇四（明治三七）年、日露開戦の年に詠まれた。

開戦の前だったのか後だったのか、それを正確に伝える資料は無い。明治天皇の公式伝記『明治天皇紀』も、語ってくれない。歌集を見ると、一九〇四年の比較的うしろのほうに出てくるが、それは歌集の配列が年ごとに新年→春→夏→秋→冬→雑、の順となっており、「よもの海」が「四海兄弟」の題なので、「雑」の部の末尾近くになるためである。開戦の前だろうと後だろうと、天皇たるもの、つねに世界平和を願い、にもかかわらずなぜか波風が起きる。それを嘆くのだが、嘆いた当人には開戦の責任が無いかのように見える。実際には戦争は二月早々、日本軍の先制攻撃で始まったのだったが。

大正天皇は一九一四（大正三）年、第一次世界大戦への参戦の年、こういう歌を残した。「波風は立ちさわげども四方の海つひにしづまる時もきぬべし」。この歌も、八月のドイツに対する宣戦の前か後かは明らかでないが、戦争への姿勢はやや他人事ふうにも見える。いずれにせよ、この歌が明治天皇の「よもの海」の焼き直しであることだけは確かである。

昭和天皇はどうだったか。一九四一（昭和一六）年九月六日、「御前会議」の最後に、あらかじめ用意したメモで「よもの海」を朗読し、なお一層の外交努力を続けるよう求めた、と伝えられている。会議の出席者だった首相の近衛文麿、陸軍参謀総長の杉山元、天皇の相談相手だった内大臣の木戸幸一らがそのような記録を残しており、杉山の「メモ」にはこの歌の第四句が「などあだ波の」として引用されているが、同「メモ」はその前日、天皇が杉山と永野修身・海軍軍令部長に「絶対に勝てるか」と念押ししたとも書いている。この日の御前会議で承認された「帝国国策遂行要領」は開戦準備と期限付き外交交渉を併記しているから、天皇の発言が戦争への流れを押しとどめて外交へと方針転換を命じたものとは受け取られなかったようである。さらにその後も東条英機内閣のもとで御前会議が重ねられて開戦準備が具体化してゆくから、「よもの海」はせいぜい、宣戦詔書の「洵に已むをえざるものあり豈朕が志ならむや」と同じような意味しか持ちえなくなる。

ついに開戦した一九四二年の一月、奇襲による緒戦の「勝利」の報が重ねられるなか催された歌会始で、「連峰雲」の題で詠まれた昭和天皇の歌はこうだった。「峰つづきおほふむら雲ふく風のはやくはらへとただいのるなり」。「波」こそ見えないが、「風」は順風であるらしく、雲は吹き払われるだろう。「波」についてはもう一首、前節で引用した一九三三年の「朝海」で、「波たたぬ世」を天皇が天地の神々に祈った歌を思い起こしてもよい。ほかならぬこの年の一月八日、昭和天皇は関東軍に勅語を下賜し、中国東北部「満洲」で「皇軍の威武を中外に宣揚」したことを讃えた。同じ年の三月、「満洲」の支配を国際社会から非難された大日本帝国は、国際連盟を脱退した。そのとき「波」は、天皇と無縁な自然現象などではなかった。「波風」がなぜ騒ぐのか、誠実に自問する姿勢も、無かった。

「波風」は昭和天皇かぎりで打ち止めとはならなかった。昭和天皇を継いだ明仁天皇は、一九九四年の歌会始（題は「波」）で、「波たたぬ世を願ひつつ新しき年の始めを迎へ祝はむ」と詠んだ。同じ題で、美智子皇后は「波なぎしこの平らぎの礎と君らしづもる若夏（うりずん）

の島」と唱和した。太平洋戦争の最終年、沖縄戦の惨禍が皇后の歌の背後にあることは明らかである。皇后はここで、和歌によって、たくみに天皇の歌を補完した。むしろ、「代位」したとさえ言えようか。

5. 若干の考察

本稿の最初に引いた内野光子の論考は、敗戦直後の雑誌論文を追うことによって、短歌の宣伝的利用をめぐる当時の言説に光を当てたものである。内野は、たとえば次ぎのような文章を引用する。「戦争が短歌に要求したのは宣伝と煽動である」(矢代東村「戦争短歌の回顧」、『短歌研究』一九四五年一〇月号)、「政治的手段に芸術を用いるというのは日本の天皇政府がやってきた。天皇や皇后の御製というものは概して下手なものだが、新年歌会始、あれを政治として扱ってきた。軍閥も文部省もくつわを揃えてそれをやった。」(中野重治「短歌について」、『短歌研究』一九四六年一一月号)。中野重治は短歌を否定したり軽視したのではなかった。このエッセイで、中野は「あらゆるものが政治的性質をもっている」いっぽうで、短歌が民族的な大衆性を持つ抒情詩として「今後もさかんであるだろう」と見ていた。「日本人ならたいてい発句や短歌を自分のものにすることができる。先祖伝来の一つの財産というわけだ」。したがって中野の結論は、戦時中のような「皇国の道としての歌運動ほど近年下司なものはない。歌そのものをそこから解放してくる必要がある」というものだった。

中野のいう「歌運動」が具体的に何だったかは書かれていないが、その一例に、一九四二年一一月に日本文学報国会（徳富蘇峰会長）が大阪毎日新聞社と共催で推進した「愛国百人一首」の選定キャンペーンを挙げることができよう（注10）。

結局、「愛国百人一首」は「小倉百人一首」に取って代わることができず、敗戦とともに忘れ去られた。ただし短歌は生き延びた。だれにでも作れ、覚えやすくなじみやすく、詠む者と鑑賞する者との共感を組織できる芸術の一形式だったからである。

このような大衆性を基底におきつつ、歌会始も存続した。儀式の手順も、その進行のテンポも、わずかずつ変わりはしたが、基本的に戦前までのやり方が維持された。歌会始の「儀」は、定められた順序をふみ、天皇の「御製」の披講を最後に置いてクライマックスとするという構造を持つ。それは、儀式の参加者がその時間と空間を共有することによって充足感を得ると同時に、上下の秩序を再確認する効果をもたらした。しかも、この儀式の裾野は、詠進歌の公募やマス・メディアへの露出（戦後はテレビの放映も加わった）という形で、あらかじめ広げられてもいるのである。「プロパガンダ」と呼ぶにはいささか内向きの、秘儀的な色合いを帯びてはいるが、ともかく「システマティックなコミュニケーション」の場として、歌会始は延命に成功した。

マス・メディアがこの時期、天皇制が「象徴天皇制」へ徐々に変容するうえで、有意の役割を担ったことも、付け加えるべきだろう。「シンボルを大規模に駆使する」のがプロパガンダの属性とすれば、メディアがほとんど一斉に繰り返した標語のひそやかな変遷にも、その事例が見られる。一九四五年八月の敗戦からその年いっぱい、氾濫したのは「国体護持」、「承詔必謹」、そして「一億総懺悔」だった。こうした、上からの標語の反復は、戦時中から受け手に刷り込まれた反応を予期したものでもあった。反復とはいえ、単純な連呼に終始するよりは、わずかな変奏のほうが効果的な場合がある。一九四六年の年頭詔書からは、「人間宣言」、「人間天皇」の語が各種のメディアにあふれた。この年の三月から始まり、しだいに回数も一回当たり日数も増加した天皇の「地方巡幸」は、実地に「人間」の姿を顕示するもののように扱われた。年頭詔書が「朕と爾等国民との紐帯は、終始相互の信頼と敬愛とに依りて結ばれ」と表現した天皇と国民との関係に、「相互」性がしだいに薄れて、国民の側からの「敬愛」と、天皇の側からの「信頼」＝思いやり・仁慈に、いわば上下の二極に分離していった。「日本国の象徴であり日本国民の象徴であって」という憲法第一条の規定は、「ひとびとの和合の象徴」と英訳されている含意から離れて、暗黙のうちに上下関係の「護持」に読み替えられていった。マス・メディアは、たがいに呼応しあい増幅しあいながら、率先してこのような天皇像の変容に加勢し、これを「象徴天皇制の定着」を性格づける「国民感情」と呼びならわしたのだった。こうして天皇制は、民衆の感性のレベルでも、延命に成功したのである。

注

1）一九九〇年に読売新聞社から刊行された宮内庁侍従職編の『おほうなばら』は、昭和天皇の和歌八六五首を収める。このほかに、中止となった一九八九年の歌会始のための遺作、歌碑に残された作、側近者の日記に書き留められた作を加えると八七〇首となる。たとえば『木戸幸一日記』一九三四年三月一七日の欄には、湯浅倉吉宮内大臣からの伝聞の形で、天皇が亀井茲建に与えた「埃及の旅の供して病たりし人の子おもふ春の此ころ」という一首が記録されている。

2）宮中三殿のこと。皇居・吹上御苑に建つ賢所・皇霊殿・神殿の三殿には、元日の歳旦祭に天皇が親拝する。

3）「御製」は、やまとことばでは「大御歌（おおみうた）」と呼ばれる。同じ接頭語の、たとえば「大御心（おおみこころ）」、「大御稜威（おおみいつ）」、「大御宝（おおみたから）」、「大御戦（おおみいくさ）」などが戦時中に多用された。天皇の心、天皇の威徳、天皇の〝赤子〟＝人民、天皇の戦争、の意味である。

4）「よのちりを」は貞明皇后ではなく香淳皇后の作とする資料がある。①昭和天皇と香淳皇后の成婚五十周年を記念して一九七四年に読売新聞社が刊行した歌集『おほうなばら』に、昭和二一年の皇后の作として収載、②一九四六年の歌会始で入選した、侍従・徳川義寛の当日の日記に「よのちりを」を「皇后宮」の「御歌」と記載、がそれである。一方、貞明皇后の歌集では、一九五二年に宮内庁書陵部が手稿をもとに約一万三千首を配列した『貞明皇后御集』に「よのちりを」が採録されているものの、一九六〇年に宮内庁が編纂した一一七三首収載・木版刷りの『貞明皇后御歌集』からは洩れ、これを底本とする一九八八年の主婦の友社刊・活版印刷の『貞明皇后御歌集』にも収録されていない。筆者が二〇〇三年五月、宮内庁侍従職に手紙で問い合わせたところ、五月二三日付けで『当庁の記録によれば、「よのちりを」の御歌は、昭和二一年の歌会始で皇太后宮（貞明皇后）の御歌として披講されたものです』と返信があった。このままだと、同一の歌に作者が二人いることになるわけで、事実関係の解明が望まれる。

5）小泉の施政方針演説の結びは次ぎのようなものである。「終戦後、半年もたたない時に、皇居の松を眺めて詠まれたものと思われます。雪の降る、厳しい冬の寒さに耐えて、青々と成長する松のように、人々も雄々しくありたいとの願いを込められたものと思います。明治維新の激動の中から近代国家を築き上げ、第二次大戦の国土の荒廃に屈することなく祖国再建に立ち上がった、先人たちの献身的努力に思いを致しながら、我々も現在の難局に雄々しく立ち向かっていこうではありませんか。明日の発展のために。子どもたちの未来のために。」

6）歌の草稿は侍従の手を経て御歌所寄人（この時点では千葉胤明か鳥野幸次）、御歌所廃止後は御用掛に届けられ、所要の修整を経たものがふたたび侍従経由で原作者に戻り、承認されて作品として確定する（「御字不違」と称する）。

7）宮内省は一九四六年一〇月、「戦災地を視察して」の作として次ぎの三首を発表した。「戦のわざはひうけし国民をおもふこころにいでたちてきぬ　わざはひをわすれてわれを出むかふる民の心をうれしとぞ思ふ　国をおこすもとゐとみえてなりはひにいそしむ民の姿たのもし」

8）『改造』一九五〇年一月号に「特別寄稿」として七首の「御製」が載り、その中には湯川秀樹のノーベル物理学賞受賞を喜ぶ次ぎの歌もあった。「賞を得し湯川博士のいさをしはわが日の本のほこりとぞ思ふ」

9）記念碑にはさまざまな種類があり、メディアとしてのその機能や作用については、さらに立ち入った研究が必要と考える。

10）「愛国百人一首」は、『万葉集』から明治維新期にいたる「愛国の歌」を、佐佐木信綱・斎藤茂吉・北原白秋ら代表的な歌人十一人を選定委員とし、一般から候補歌をハガキで応募するよう呼びかけて、恋歌が中心の「小倉百人一首」に代わることをめざして選定された。「御民吾生ける験あり天地の栄ゆる時にあへらく念へば」（海犬養岡麻呂）、「今日よりは顧みなくて大君の醜の御楯と出で立つ吾は」（今奉部與曾布）、「しきしまのやまと心を人とはば朝日ににほふ山さくら花」（本居宣長）、「身はたとひ武蔵の野辺に朽ちぬとも留め置かまし日本魂」（吉田松陰）など有名な歌も含まれている。

おもな参考文献

・『入江相政日記』、一九九〇～一九九一年、朝日新聞社
・内野光子『短歌と天皇制』、一九八八年、風媒社
・内野光子『現代短歌と天皇制』、二〇〇一年、風媒社
・木下道雄『宮中見聞録』、一九六八年、新小説社
・木下道雄『側近日誌』、一九九〇年、文芸春秋
・小森陽一『天皇の玉音放送』、二〇〇三年、五月書房
・坂本孝治郎『象徴天皇制へのパフォーマンス』、一九八九年、山川出版社
・高橋紘『陛下、お尋ね申し上げます』、一九八八年、文春文庫
・徳川義寛・岩井克己『侍従長の遺言』、一九九七年、朝日新聞社
・『徳川義寛終戦日記』、一九九九年、朝日新聞社
・山本武利『ブラック・プロパガンダ』、二〇〇二年、岩波書店

Ⅳ 昭和天皇の歌碑について

『昭和天皇の和歌』を書いている時にはそれほど深く考えていなかったのだが、歌碑というものについて研究する必要がある。

そのことにあらためて気づいたのは、鈴木正男の『昭和天皇のおほみうた』が、そのうちの一章をまるごと「全国御製碑一覧表」にあてているのを再読した時だった。しかもそこには、昭和天皇の歌を「宮内庁侍従職」が編集した歌集『おほうなばら』(一九九〇年刊)に収められていない歌が三首、「御製碑」に刻まれていることが記されていた。

鈴木は不二歌道会の代表で財団法人大東会館理事長。影山正治の後継者とみられる。この章の「付記」によれば、歌碑は沖縄を除く全国四十六の都道府県にあわせて一九五基(九五年五月現在)あるという。「日本を守る国民会議」の各県事務局と不二歌道会の各県支部が協力して「確認」したようだ。

『おほうなばら』集外の三首は次ぎのもので、うち二首は四五年の作である。

身はいかになるともいくさとどめけりただたふれゆく民をおもひて

国がらをただ守らんといばら道すすみゆくともいくさとめけり

あとの一首は六七年、全国植樹祭でのものとみられる「はるふかみあめふりやまぬ金山のみねに赤松の苗うゑにけり」である。

「身はいかに」「国がらを」が「終戦時の感想」を詠んだ歌だと最初に明らかにしたのは、四五年一〇月から四六年五月まで昭和天皇の侍従次長を務めた木下道雄である。六八年の『宮中見聞録』が初出で、木下の歿後に刊行された当時の日記『側近日誌』(九〇年)や、長く昭和天皇に仕えた徳川義寛もと侍従長への聞き書き『侍従長の遺言』(九七年)にも、この二首が昭和天皇の真作であることを裏付ける記述がある。徳川は「木下さんの日記も困ったもので、陛下の草稿をそのまま写しておられる」と言い、とくに「国がらを」について「やめた歌なんです」と語っている。「身はいかに」については、昭和天皇の晩年、宮内庁御用掛として和歌の「相談係」だった岡野弘彦が、九二年に講談社から出た『昭和天皇御製集』(こちらの編者は「宮内庁」、六三二首収載)の巻末解説のなかで、この歌について「ご相談にあずかった……ことが、深く心に刻まれている」と書いている。ただし「相談」の内容は書かれていない。「はるふかみ」が真作かどうかを判定する書証は、わたしは見ていない。(〔注〕参照)

いずれにせよ、この「身はいかに」の一首は、歌碑のうち二番目に多く、全国に六基建っている。トップは九基で、三三年歌会始の作「あめつちの神にぞいのる朝なぎの海のごとくに波たたぬ世を」なのだが、その前年が「満洲国」建国の年、それを咎められて国際連盟を脱退するのがこの三三年だったから、「波」を立てたのは、ほかならぬ日本の軍事行動であった。祖父の明治天皇が、〇四年の帝政ロシアとの開戦の年「よもの海みなはらからと思ふ世になど波風のたちさわぐらむ」と詠んだのとまことによく似ている。

三番目が次ぎの三首で、それぞれ四基ある。

国のためいのちささげし人々のことを思へばむねせまりくる（五九年）

わが庭の宮居に祭る神々に世のたひらぎを祈る朝々（七五年歌会始「祭り」）

立山の空に聳ゆるををしさにならへとぞ思ふみよのすがたも（二五年歌会始「山色連天」）

このうち「立山の」は四基とも富山県内に建っている。

昭和天皇は、沖縄を除く全国各地を、戦後たんねんに訪れた。いわゆる「巡幸」、植樹祭、国民体育大会。その足跡は「昭和天皇ゆかりの地」を数多く生み出し、生前、そして歿後にも、多くの歌碑が建てられた。

ところで、「碑」とは何だろうか。芭蕉や一茶の句碑、啄木の歌碑その他の文学碑を、読者は一度ならず目にしたことがおありだろう。碑＝いしぶみ。「後世に伝えるため、石に文を刻んで建てたもの」と辞書にある。

記念碑のたぐいは、とくに立派すぎる銅像など、えてして引き倒されやすいものだが、歌碑は頑丈にできていて、なかなか倒れない。それにしても、昭和天皇のなにを、わたしたちは後世に伝えようというのだろうか。

このエッセイの冒頭で「研究」とわたしが書いたのは、歌碑の文言よりはむしろ、その背景についてである。だれが発案し、だれが協力し、だれがカネを出し、そしてだれが字を書き（昭和天皇の真筆のものはない。皇族か、側近か、またはその他の権力者かが「謹書」しているはずだ）、いつ建ったのか。とくに、宮内庁が公表を「やめた」歌が、なぜ、どういう人たちによって、碑面に刻まれているのか。わたしには全国をかけめぐる時間もおカネもないが、各都道府県ごとでもよい、こうした「探索」が正確に行われれば、かつて昭和天皇をかつぎ、今なお昭和天皇をかつぐ勢力が、またはそのネットワークが、目に見える形で示されるのではないだろうか。

［注］

「はるふかみあめふりやまぬ金山のみねに赤松の苗うゑにけり」の碑が建つ岡山市郊外の金山を、九九年四月、訪れてみた。

歌碑は、金山の山頂近く、国民休暇村の一隅にあった。もっとも、この休暇村は利用者が減ったため休業中で、案内の看板に「御製碑」とあるあたりは、おりからＮＴＴが鉄塔の工事のため金網を張っていたので、それをくぐり抜けて碑を検めることになった。

建設は六七年一一月、裏面に加藤武徳・岡山県知事名の由来書が彫り込まれており、それによると、この年四月九日、昭和天皇は皇后とともにこの地で催された全国植樹祭に出席、降りしきる雨のなか、岡山県の県木であるアカマツの苗を植えたという。行事からわずか半年、素早い県の対応と言える。歌は侍従（のちの侍従長）・入江相政の書で、五行に分けて彫られている。『入江相政日記』のこの年の記述によれば、入江は岡山に随行していない。また、歌碑のための揮毫についても、何も書かれていない。ただし『入江日記』は原本のすべてをそのまま印刷したものではないから、編集の過程での脱落はあり得る。

昭和天皇歌集『おほうなばら』の編集・刊行は、昭和天皇も入江もともに歿したのちのことである。「岡山県植樹祭」の歌としては、「靄ふかくあたりもみえぬ金山に赤松の苗をこころして植う」の一首が収められている。「はるふかみ」と似た情景なので、歌集の編集者は、歌碑の存在を知らずに「靄ふかく」

を選んだものかと推測される。

「身はいかになるともいくさとどめけりただたふれゆく民をおもひて」の歌碑は、鈴木正男によれば、福島市・光農場、新発田市・氷川神社、川口市青木・氷川神社、東京江東区・富岡八幡宮、津山市・日本植生株式会社、徳山市・徳山大学、の六カ所に建っているという。光農場の碑には同じく「終戦時の感想」一連の「国がらをただ守らんといばら道すすみゆくともいくさとめけり」も共に刻まれている。友人の雨森勇・福島大学教授に現地を確かめてもらったところ、八六年一一月に建てられたものであることがわかった。

東京・富岡八幡宮の歌碑は、八六年一〇月、「天皇陛下御在位六十年東京都奉祝協賛会」という団体が建てた、となっている。地元の有力者とみえる十六人の「協賛者」のほか多数の賛同者らしい人々の名も見える。揮毫者は鈴木一・もと侍従次長（鈴木貫太郎の子息）。この神社は、四五年三月一八日、江東地区の空襲による被災状況を昭和天皇が視察した際、大達茂雄内相の説明を聞いた場所で、戦後に発表された「戦のわざはひうけし国民をおもふこころにいでたちてきぬ」の想を得た所と解することも可能だが、八六年当時、この一首は戦後の作と見なされていた。

V　昭和天皇の「言葉のアヤ」

昭和天皇は、その六十余年にわたる作歌のなかで、敗戦直後の一時期、とくに集中して、「ををし」「たのもし」「たふとし」という形容詞をもつ歌を多く詠んだ。むろんその前にもそののちにも用例はあり、「一時期限定」とまでは言えない。しかし、どのようなモノ、ヒト、コトがそう形容されたかを明らかにすることは、昭和天皇の当時の価値観を探るうえで、意味があるとわたしは思う。

昭和天皇の公表された和歌のほとんどすべてを収録した歌集『おほうなばら』（宮内庁侍従職編・九〇年、読売新聞社）に見える八六五首のうち、「ををし」は一二首、「たのもし」は一五首、「たふとし」は五首、あわせて三二首（全体の四％）の用例がある。制作の年次との関連を見ると、次ページの【図】のようになる。昭和天皇は〇一年の生まれだから、西暦と数え年が一致するので、四十歳代後半の四六年から五〇年までが公表歌六十五首の二〇％にあたる一三首、五十歳代の五一年から六〇年までが同じく二一一首の七％、十六首となる。そのほかの年代では、一九二〇年代一首、一九七〇年代一首、一九八〇年代二首と極端に少ないから、単なる偶然と考えるべきではないだろう。してみると、これらの形容詞が多用された時期の特性と、その時期に昭和天皇が何に対して「ををし」「たのもし」「たふとし」と言ったかを知る

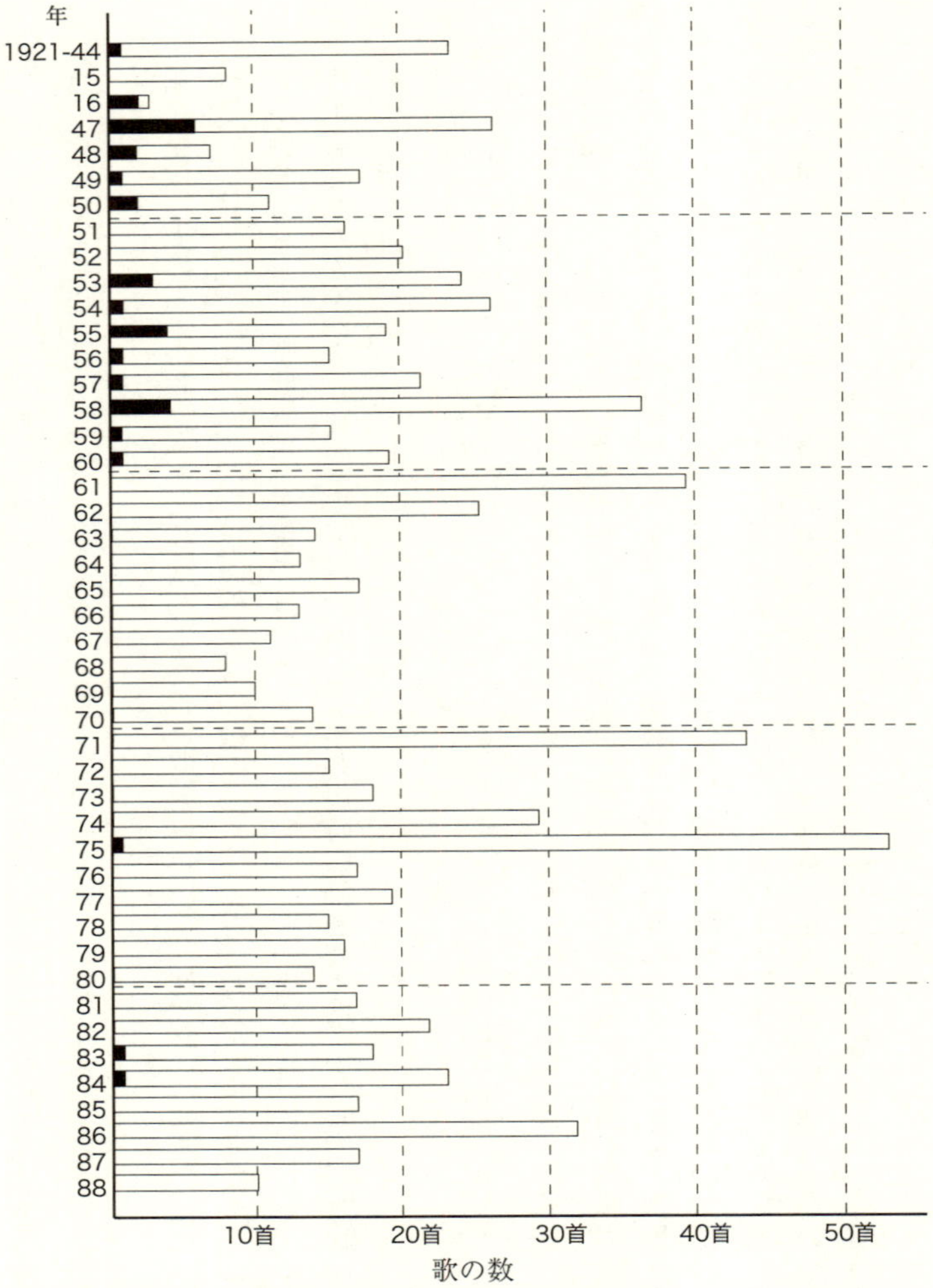

【図】昭和天皇の暦年別歌数（『おほうなばら』所載）と「ををし」「たのもし」「たふとし」の歌数

（年は西暦，黒色部分は「ををし」「たのもし」「たふとし」の数）

ことは、昭和史（昭和時代の歴史と昭和天皇史の双方）について考えるとき、史料として価値があるはずだ。

その前に、順序として、戦前にただ一首ある「ををし」の歌を見ておこう。二五年（大正一四年）歌会始（題は「山色連天」）がそれである。

　立山の空に聳ゆるををしさにならへとぞ思ふみよのすがたも

富山県と新潟県との境の立山連峰は、県境をこえて悠久の「空」に向かってそびえ立つ。その雄々しい姿のように、「御代」、つまり天皇の治世があってほしい——これが歌の意味であり、男らしさ、勇ましさ、いくらかは「気高さ」にも通じる「ををしさ」という言葉が用いられる。

この前年一一月、二三歳の皇太子裕仁親王は陸軍の「北陸大演習」を「統裁」するため、北陸四県に出張した。摂政に就任してまる三年、「統裁」はもともと天皇の仕事であり摂政はすべての仕事を代行する。「御代」はしたがって、ほとんど摂政の治世にひとしい。出張に随行した宮内大臣牧野伸顕は各地の「奉迎」ぶりを克明に日記にしるし、大演習修了式での裕仁摂政の勅語朗読が「御風気にも掛はらず御音声は不相換朗々四隅に響き、参集軍人一般に多大の感動を与へ軍気上極めて効果多かりしと拝察す」（一一月五日）とその効果を称賛している。大正天皇が病気のためしばしば大演習や議会の開会式を欠席したこと、勅語朗読もつかえがちだったことを思い合わせると、牧野伸顕のはずんだ記述もうなずかれる。摂政が富山県を訪れた一一月一〇日は雨天だったから、「空に聳ゆる」立山を実際に見たのは北陸出張中の別の日だったとも思われるが、ともかくこの歌の発想は北陸出張の経験から得られたものと推定でき、

「御代」と「わが代」とは詠む人の内心で、治世への抱負という点、ほとんど重なっているようだ。
敗戦前の作で『おほうなばら』に収められているのは十五首、うち二十三首は歌会始の作品で、それ以外の歌、戦争や戦況に関するものはほとんど見ることができない。その時期にほかにも歌が詠まれたことは、側近の「日記」(たとえば木戸幸一、入江相政のもの)の記述に見られるが、どのようなものだったかは木戸幸一日記に二首(うち一首は『おほうなばら』に収載)記録されているだけで、具体的にはわからない。戦争詠がすべて公表されれば、「ををし」「たのもし」「ふとし」の別の用例を見ることができるはずだが、残念ながら今のところ、事実関係は不明と言うほかない。

そこで戦後となる。昭和天皇がみずから発動し、「戦局必ずしも好転せず世界の大勢また吾に利あらず」降伏のやむなきにいたった対米英戦争のあと、昭和天皇の歌の声調はどう変わったか、変わらなかったか。
四六年の作として『おほうなばら』に見えるのは、わずか三首。しかし「ををし」と「たのもし」がそれぞれ一首ずつあり、算術計算ではこの年の作品の三分の二となる。
その二首はこうだ。

ふりつもるみ雪にたへていろかへぬ松ぞををしき人もかくあれ（歌会始「松上雪」）

国をおこすもとゐとみえてなりはひにいそしむ民の姿たのもし（戦災地視察）

まず「松上雪」。ここにあるのは、雪や松の具体的な描写などではない。ふりつもる雪は敗戦にともなう連合国軍の占領という苦難の現実を象徴し、だからこそ、その重みに「たへて」、色＝節操・思想を変えることなく屹立する「ををしき」松は、日本国民のあるべき姿の形象である。結句に「人もかくあれ」という命令形が来ることで、歌の意味は一見して明らかだ。この年の年頭、「人間宣言」として知られる詔書が出された。占領軍がそれを要求した。その同じ月に、「松上雪」が差し出されたのは、けっして偶然ではない。事実、この歌と詔書のある部分とは、質的に響き合う。「ある部分」とは、喧伝された神格否定の一節ではなく、その前後につらなる、たとえば次ぎのような叙述である。

「惟ふに長きに亙れる戦争の敗北に終りたる結果、我国民は動もすれば焦躁に流れ、失意の淵に沈淪せんとするの傾きあり。詭激の風漸く長じて道義の念頗る衰へ、為に思想混乱の兆あるは洵に深憂に堪へず……朕は我国民が時艱に蹶起し、当面の困苦克服の為に、又産業及文運振興の為に勇往せんことを希念す。我国民が其の公民生活に於て団結し、相倚り相佚け、寛容相許すの気風を作興するに於ては、能く我至高の伝統に恥じざる真価を発揮するに至らん」。過激な思想に染まることのないよう、道義を重んじ、当面の困難克服と生産の復興に邁進せよ――年頭詔書にはこういう文脈が底流していた。そして、以上のような詔書の「読み」を可能にする鍵が、「松上雪」の一首なのであった。

「国をおこす」が公表されたのは四六年一〇月。のちに前年の作と判明する「戦のわざはひうけし国民をおもふこころにいでたちてきぬ」と、「わざはひをわすれてわれを出むかふる民の心をうれしとぞ思ふ」、それにこの一首が同時に発表され、三首ともに、地方視察を詠んだもの、と説明された。ここで「たのもし」——たよりになる、心づよい——と賞賛されたのは「民」であり、それは「なりはひ＝生業」に「いそしむ」姿にほかならず、その勤労によって復興・興国がかちとられる、これまたさっき引用したばかりの年頭詔書で表明された昭和天皇の希望そのままではないか。「いそしむ」とは勤勉につとめはげむことであり、それ自体賞賛に値する行動とされる。「いそしむ」と「たのもし」「たふとし」の結びつきの例を、のちに見ることになろう。

越えて四七年、「ををし」「たのもし」「たふとし」の用例はあわせて六首、最多を記録する。その筆頭に来るのが、歌会始（題は「あけぼの」）の次ぎの一首である。

たのもしく夜はあけそめぬ水戸の町うつ槌の音も高くきこえて

この歌について、昭和天皇自身による説明が、記者会見（四七年六月五日）での発言にある。「……この間の水戸の歌も、明け方の復興したところを見て愉快であったので歌いたいと思ったが、よくできなかった。」よくできたかできなかったかは、このさい問わない。よくわかるのは、初句の「たのもしく」が第二句以下の全部、つまり水戸の復興のありさますべてを修飾している、という趣向である。茨城県の巡行は四六年一一月中旬の一泊二日、水戸の夜明けはその一八日と推定される。

四七年中の巡行は合わせて六回、二府一九県に及んだ。「東北地方視察」の中に「ををし」が一首、長野県での作に「たふとし」が一首あり、ほかに「をりにふれて」の作に現れる「たふとし」二首も、巡行中の見聞に想を得たものと考えられる。
「ををし」は次ぎの歌である。

　あつさつよき磐城の里の炭山にはたらく人ををしとぞ見し

常磐炭鉱の視察は八月のことであった。生産復興の力点は石炭と電力、エネルギー資源に向けられており、当時「傾斜生産」と呼ばれた。炭鉱労働者の「はたらく」姿を昭和天皇が「ををし」とたたえるのは、国策を主導するとまでは言わないにしても、少なくとも後押しするものであった。憲法の施行はこの年五月三日、昭和天皇は「うれしくも国の掟のさだまりてあけゆく空のごとくもあるかな」と祝福したが、その憲法に従って完全に政治とのかかわりをやめたのではなく、〝歌を通じての政治〟を続けていたわけである。
「長野県大日向村」と詞書のある「たふとし」の歌はこうだ。

　浅間おろしつよき麓にかへりきていそしむ田人たふとくもあるか

大日向村！　その村は一九三〇年代、村を二つに分けてその半分を「満洲大日向村」として満蒙「開拓」に送り出した村であった。敗戦で満洲の分村は壊滅し、不幸中の幸いで生き残った人々はやっとの思いで引き揚げてきた。「かへりきて」には、軍隊から復員した者、海外から引き揚げてきた者の両方が詠みこまれていることに、注意したほうがよい。そんな非道な目にあっても、農民は食糧生産に日々「いそしむ」。一年前、「なりはひにいそしむ」民の姿を「たのもし」と見た昭和天皇は、ここで一段と奮発して、「たふとくもあるか」と形容する。あらためてふり返れば、天皇は敗戦まで「至尊」の存在とされてきた。敗戦後もこの「架空なる観念」（四六年「年頭詔書」）は、多くの人びとの心中に残っていた。その、この上なく尊い存在が、他者を「たふとし」と賞賛するとき、尊敬はいわば自乗されて、えもいわれぬ効果を生む。

「いそしむ」と「たふとし」が一首に詠み込まれた歌が、この年ほかに二つある。

老人をわかき田子らのたすけあひていそしむすがたたふとしとみし

たふとしと見てこそ思へ美しきすゑものつくりいそしむ人を

農業と工芸、これらも復興のため従事者が「いそしむ」ことを望まれている産業分野だった。復興への努力を賞賛するのに、昭和天皇は言葉を惜しまなかった。

この年の作にもう一つ、「をりにふれて」詠まれた「ををし」の歌がある。

潮風のあらきにたふる浜松のををしきさまにならへ人々

一読して明らかなように、これは四六年歌会始「松上雪」の変奏である。「松」はそのまま、「雪」は「潮風」、そして「人もかくあれ」は「ならへ人々」。占領下に、「耐えよ、雄々しく耐えよ」と繰り返し呼びかける昭和天皇は、敗れてなお、現役の天皇であった。

その後の昭和天皇による「ををし」「たのもし」「たふとし」の歌は、おおかた、これまでに見た作の延長上にある。地方巡行は占領軍司令部の意向もあって四八年は中断、四九年に再開されて五四年の北海道行きで一巡するが、そののちも国民体育大会の開会式、全国植樹祭へと、地方出張は継続した。戦前の「大演習」と、戦後巡行・国体・植樹祭は、天皇が「地方人」の前に姿を見せ、ときに「おことば」をかけるという点で同じ構造を持つ。戦後天皇制の演出者たちと主演者は、呼吸を合わせて、この宣撫活動に積極的にたずさわった。そうした機会に歌が詠まれた。主題は、復興・工業発展、国民体育大会、植樹祭にほぼ大別できる。が、敗戦直後のような、切迫した息遣いを感じさせる歌はあまり見られない。ひとびとは自信ありげに行動する天皇を許した。ばかりでなく、ほぼいたる所で、敬意さえ表した。それに安堵し、ねぎらいの言葉を歌に託しておおらかに返す、昭和天皇の姿が、立ち顕れる。

「復興」から見よう。復興はまず、戦災からの立ち直りであった。五三年、「四国の復興」と題された歌がある。

　戦のあとしるく見えしを今来ればいとをゝしくもたちなほりたり

自然災害からの復旧も、おなじく「たちなほり」と詠まれる。

　荒れし国の人らも今はたのもしくたちなほらむといそしみてをり（五三年、「水害」）

ここにも「いそしむ」という昭和天皇お好みの動詞が現れる。「いそしむ」は「たのもし」と「たふとし」を結び付けるキーワードとして働く。

戦災と災害をあわせた、「立ち直り」をたたえる歌を、もう一つ引いておこう。五八年、「九州復興」。

　たびたびの禍にも堪へてをゝしくも立ちなほりたり筑紫路はいま

復興一般を歌に詠むだけでなく、昭和天皇は産業の復活・発展にとりわけ強い関心を示した。いくつか例を挙げよう。

　海の底のつらきにたへて炭ほるといそしむ人ぞたふとかりける

（九州地方視察　福岡県大牟田）

四九年四月、昭和天皇は、三池炭鉱を訪れ、坑内にまで足を運んだ。この歌は二年前の常磐炭鉱と一対をなすが、こちらは例によって「いそしむ」と「たふとし」の連結である。「工場」もまた、昭和天皇の歌にたびたび出現する題材だった。

新しきざえに学びて工場にはげむひとらをたのもしと見つ
（五五年、神奈川県下の旅　日本鋼管川崎製鉄所）

かしましく機械の音の工場にひびきわたるをたのもしと聞く
（五六年、関西の旅）

たくみらも営む人もたすけあひてさかゆくすがたたのもしとみる（五八年、黒部の工場）

黒部の一首には、「たくみら」＝技術者・労働者と「営む人」＝経営者との「たすけあひ」に「たのもし」さを発見する作者の視点が示される。まぎれもない労使協調の賛歌。工場で何がどのように製造されているかはこれらの歌では描写されないが、何を「たのもし」く感じたかは、すなわち労使が「相倚り相佚け」（四六年「年頭詔書」）繁栄するのだということは、はっきりしている。

国民体育大会の歌に「ををし」「たのもし」あるいは「いさまし」という用語があるのは、詠まれる情景からも自然であろう。五〇年一〇月に昭和天皇が皇后とともに臨席した愛知秋季国体での歌と見られる「名古屋にて」の二首が、この種の最初のものである。

日の丸をかかげて歌ふ若人のこゑたのもしくひびきわたれる

夜の雨はあとなく晴れて若人の広場につどふ姿たのもし

「日の丸」の掲揚が占領軍から解禁されたのは、その前年の四九年のことだった。若人が歌うのは「君が代」だろうか、それとももっと差し障りのない別の歌だったろうか。その声を「たのもし」と昭和天皇は聴いている。昭和天皇が「日の丸」という言葉を使ったのはこの一首だけで、ほかには「旗」と表現してそれが「日の丸」以外ではないことを読者にわからせる作はあるが、それはともかく、「日の丸」への注目が戦後の早い時期だったことを、とりあえず指摘しておこう。法律で国旗は「日の丸」、国歌は「君が代」と決められるのは、この歌からほとんど半世紀後、昭和天皇歿後十年の出来事であった。

国体ないし体育に関連しての「ををし」「たのもし」の歌と、それに「いさまし」の歌を加えれば十首を越えるが、ここではあと二首だけ挙げておく。

ときどきの雨ふるなかを若人の足なみそろへ進むををしさ（五八年、富山国民体育大会）

この場《には》につどふ人らのととのひしすがたを見るもたのもしくして

（五九年、東京国民体育大会）

この二首で注目されるのは、「足なみそろへ」すすむ若人や「ととのひし」人びとの姿というふうに、整然とした行動への賛辞として「ををし」「たのもし」という形容が用いられている点である。秩序の愛好は、昭和天皇の性向でもあった。そして、秩序正しい若者の姿は、まるで、かつて昭和天皇が「統裁」した大演習での「帝国軍人」のそれと、二重写しになっているようではないか。

全国植樹祭は、国民体育大会と並んで、戦後の昭和天皇が好んで詠んだ題材であった。こちらのほうには、「ををし」「たのもし」は見られないが、「たふとし」が一首ある。

茂れとし山べの森をそだてゆく人のいたつき尊くもあるか（五五年、宮城県植樹祭）

これまで見た「たふとし」の歌はつねに「いそしむ」人を詠むものだったが、この歌ではそれに通じる「いたつき」という名詞が用いられている。「いたつき」はここでは労苦・骨折りを意味するが、昭和天皇はこの語をしばしば歌に用いた。たとえば「新米を神にささぐる今日の日に深くもおもふ田子のいたつき」（五四年、新穀）、「新しき館を見つつ警察の世をまもるためのいたつきを思ふ」（八一年、警視庁新館を見て）などのねぎらいの歌がそれである。

六〇歳を過ぎてからの昭和天皇の歌には「たふとし」は無く、「ををし」「たのもし」もごくわずかである。高度成長期に入った日本経済は、天皇の激励なしでも、元気よく「大国」への道をひた走り続けた。この時期の「たのもし」二首、「ををし」一首は次ぎのようなものである。

アメリカのためにはたらく人々のすがたをみつつたのもしと思ふ

（七五年、多くの日系人にあひて）

米国訪問時の作である。この時の旅について、昭和天皇は多数の歌を詠み、そのため『おほうなばら』集中でも七五年の詠草は五三首と目立って多い（これに次ぐのがヨーロッパを訪問した七一年の四三首である）。アメリカとアメリカ人への賛歌がその大半を占める。

その次ぎの「たのもし」は八三年、「群馬国民体育大会」の歌である。

若人の居並ぶ秋に赤城山みえてたのもし炬火の進みゆく

「ををし」もスポーツ関連で、八四年、「ロサンゼルス・オリンピック」の詞書がある。

　外つ国人とををしくきそふ若人の心はうれし勝ちにこだはらず

　これらは昭和天皇の晩年の作歌のごく一部であり、その時期の代表作とは言いにくいが、総じて、昭和天皇の和歌の詠みぶりは、生涯を通じてほとんど変化しなかった。大半は叙景の歌で、感情の激しい動きを示す歌はごくわずかだった。恋の歌は皆無だった。

　どちらかといえば起伏のとぼしい作歌群のなかで、「ををし」「たのもし」「たふとし」という濃密な価値観の含まれた形容は、これまで見てきたように、敗戦後の数年間に集中している。それは作者の意図を表す一種の信号と解釈することができる。見方によっては、建前が本音に先行しているようでもあるが、その建前といえども、詠まれた時期との関係を考えるなら、それは特異な建前であった。それは君主による、「民」への呼びかけという性質を内に秘めた「信号」であり、敗戦国の、しかし依然として「君主」であり続ける、一人物からの信号なのであった。深読みするなら、それは「和歌＝御製」というベールをまとった、政治家＝為政者の政治的発言以外ではない。みずからの「戦争責任」への問いに対し、「言葉のアヤ」と言い放って答えを拒んだ昭和天皇は、その実、まことにしたたかな言葉のアヤの使い手でもあったのだ。

　参考までに、「ををし」「たのもし」「たふとし」の歌の一覧表を、分析を省略したものも含めて、掲げておく（行頭の数字は西暦年を示す）。

【昭和天皇の「ををし」「たのもし」「たふとし」の歌一覧】

〈ををし〉

25 立山の空に聳ゆるををしさにならへとぞ思ふみよのすがたも（「山色連天」）
46 ふりつもるみ雪にたへていろかへぬ松ぞををしき人もかくあれ（「松上雪」）
47 あつさつよき磐城の里の炭山にはたらく人ををしとぞ見し（東北地方視察）
47 潮風のあらきにたふる浜松のををしきさまにならへ人々（をりにふれて）
48 たゆまずもすすむがををし路をゆく牛のあゆみのおそくはあれども（牛）
53 戦のあとしるく見えしを今来ればいとををしくもたちなほりたり（四国の復興）
54 なりはひにはげむ人人ををしかり暑さ寒さに堪へしのびつつ（北海道地方視察　道民に）
55 松の火をかざして走る老人のををしきすがた見まもりにけり
（神奈川県下の旅　平沼亮三）
55 晴れわたるけふのよき日にわがみこのををしき姿見るがうれしも（正仁の成年）
58 たびたびの禍にも堪へてををしくも立ちなほりたり筑紫路はいま（九州復興）
58 ときどきの雨ふるなかを若人の足なみそろへ進むををしさ（富山国民体育大会）
84 外つ国人とををしくきそふ若人の心はうれし勝ちにこだはらず
（ロサンゼルス・オリンピック）

〈たのもし〉

46　国をおこすもとゐとみえてなりはひにいそしむ民の姿たのもし（戦災地視察）
47　たのもしく夜はあけそめぬ水戸の町うつ槌の音も高くきこえて（「あけぼの」）
48　緑なる牧場にあそぶ牛のむれおほどかなるがたのもしくして（牛）
50　日の丸をかかげて歌ふ若人のこゑたのもしくひびきわたれる（名古屋にて）
50　夜の雨はあとなく晴れて若人の広場につどふ姿たのもし（同）
53　荒れし国の人らも今はたのもしくたちなほらむといそしみてをり（水害）
53　いにしへの書に名高き屋島見ゆる広場にきそふ人のたのもし（四国地方視察　高松にて）
55　新しきざえに学びて工場にはげむひとらをたのもしと見つ（日本鋼管川崎製鉄所）
56　かしましく機械の音の工場にひびきわたるをたのもしと聞く（関西の旅）
57　親にかはるなさけに子らのすくすくとのびゆくさまを見ればたのもし
（静岡県立三方原学園）
58　黒煙かなたこなたに立ち立ちて北筑紫路のたのもしきかな（戸畑の宿にて）
58　たくみらも営む人もたすけあひてさかゆくすがたたのもしとみる（黒部の工場）
59　この場につどふ人らのととのひしすがたを見るもたのもしくして（東京国民体育大会）
60　大阿蘇の山なみ見ゆるこのにはに技競ふ人らの姿たのもし（水前寺陸上競技場にて）
75　アメリカのためにはたらく人々のすがたをみつつたのもしと思ふ
（多くの日系人にあひて）

83　若人の居並ぶ秋に赤城山みえてたのもし炬火の進みゆく（群馬国民体育大会）

〈たふとし〉

47　浅間おろしつよき麓にかへりきていそしむ田人たふとくもあるか（長野県大日向村）

47　老人をわかき田子らのたすけあひていそしむすがたたふとしとみし（をりにふれて）

47　たふとしと見てこそ思へ美しきすゑものつくりいそしむ人を（をりにふれて）

49　海の底のつらきにたへて炭ほるといそしむ人ぞたふとかりける
（九州地方視察　福岡県大牟田）

55　茂れとし山べの森をそだてゆく人のいたつき尊くもあるか（宮城県植樹祭）

Ⅵ くやしくもあるか昭和天皇

1　二首の歌から

尊貴な地位につく人のすべてが、尊貴な人格の持ち主とはかぎらない――とは当たり前のことだが、錯覚に陥る人々のほうが、どうやら圧倒的に多い。何となく、尊貴な地位につくからには人格も尊貴にちがいない、または、同じようなことだが、尊貴な人格の持ち主だからこそ尊貴な地位につくことができる、と思いこみがちである。したがって、尊貴な地位の尊貴な人は、くやしいとか、くちおしいとか、尊貴とは正反対の卑賤な感情に身をまかせたり、あるいはそんな言葉は口にしないはずだ、などと信じる人を笑えないのは、この国の社会に、門地・身分による差別の長い歴史の残像がいまだ根強いことを物語っている。

ところで昭和天皇は、「くやし」「くちをし」という自身の感情の表白を含む和歌を、二首残した。それはこんな歌である。

戦をとどめえざりしくちをしさななそぢになる今もなほおもふ
やすらけき世を祈りしもいまだならずくやしくもあるかきざしみゆれど

「戦を」は一九七一年の作。初出は昭和天皇の歌集『おほうなばら』で、この年の秋、ヨーロッパ訪問を前にしての歌である。というのは、この歌の前に載っているのが「伊勢神宮に参拝して」と詞書のある「外つ国の旅やすらけくあらしめとけふはきていのる五十鈴の宮に」であり、「戦を」の次ぎの歌が最初の訪問地デンマークでの作だからである。とすれば、伊勢での感慨であるかもしれない。皇后とともに訪れようとしているヨーロッパは、昭和天皇にとっては皇太子時代から五十年ぶりの再訪で、いわばセンチメンタル・ジャーニーなのだが、その地では、戦争被害者をはじめとする、天皇の戦争責任を問う声が高まっていた。実際、オランダや英国では、抗議のデモに迎えられたのである。ノドに刺さるトゲのような戦争の記憶。その戦争を「とどめ」えなかったことを、「ななそぢ」＝古希の昭和天皇は、今なお「くちをし」く想起せざるをえなかった。

「やすらけき」は、一九八八年、「八月十五日　全国戦没者追悼式」と詞書がある。慰霊式にみずから出席して「お言葉」を読むことは、天皇が几帳面に実行した年中行事であった。この一九八八年が、結果的に昭和天皇が臨席した最後の追悼式となった。世界の平和を祈り、祈りつづけて、「いまだならず」。そのことを「くやしくもあるか」と天皇は表現した。

二首とも、歌意はわかりやすそうに見える。平和を愛し、祈る天皇。しかしその祈りはとどかず、かつて日本は戦争に突入した。七〇歳の天皇はそれを悔いている。その天皇が八七歳という高齢に達してなお、世界平和は、「きざし」は見えるものの、まだ実現されていない。それがとても「くやし」い。

「くちをし」と「くやし」は、語源を詮索すると少し違うようだが、「くちをし」を「口惜し」と書けば同じ意味を持つ言葉として、数百年も慣用されてきた。昭和天皇が歌の中でこの二つの語を意識的に区別して使い分けたかどうかは、他の用例が無いのでわからない。ニュアンスまでふくめて考えれば、「くちをし」は、無念残念、自己のみじめさを思い知らされて、情けなく耐えがたく感じる、自責の思いがこもる。「くやし」は、「悔し」とも書かれるように、後悔のニュアンスが加わり、かえすがえすも無念、取り返しのつかぬいまいましさ、といった響きを持つ。

世界平和が未達成であることが、極東の一国の「象徴」でしかない昭和天皇が一身に引き受けて悩む性質のものかどうかは議論のあるところだろうが、作者の心は「くやし」さで一杯なわけで、その責任感の強さは、ほとんど超人的でさえある。

だがしかし、はたしてそうか。額面どおり受け取って、その崇高な精神に脱帽すべきか。二つの歌に、もう少し立ち入ってみよう。

2　おそすぎた弁明――「戦を」考

日本が戦争に突入するのを、自分はとめようとしたが、力及ばず、とどめることができなかった――「戦をとどめえざりし」をすなおに解釈しようとすれば、これが正解になる。「戦」を、「開戦」それも米・英との戦闘開始と、知らず知らず読んでしまうのである。たしかに敗戦後、天皇とその側近は、陰に陽にそのように主張した。

はたして昭和天皇は開戦をとめようとしたか。証拠は無い。一九四一年九月六日、御前会議で昭和天皇がしたことは、明治天皇の「よもの海みなはらからとおもふ世になど波風の立ちさわぐらむ」の歌を読み上げただけだった。それは会議出席者の多くに、外交交渉にさらに努力を傾けるよう示唆したと受け取られたようだが、しかしそこまでだった。外交の行き詰まりを打開するための条件見直しも、まして国策の変更も指示されなかった。その前日の軍部首脳との会合では「絶対に勝てるか」と念押しまでしていた。それだけではない。翌一〇月、第三次近衛内閣総辞職のあと、後任に主戦派の東条英機陸相を指名した。東条に重責を担わせることで、責任を自覚し暴走を思いとどまらせるつもりだったとは、あとからの弁明である。東条は張り切って、開戦への一本道を邁進した。それから一二月八日まで、昭和天皇はどのようなイニシアティヴも発揮しなかった。先制奇襲攻撃とともに発せられた宣戦の詔書は、「今こそ撃て」とばかり、軍民の士気を鼓舞した（それは昭和天皇が出した唯一の宣戦詔書でもあった。昭和初年以来たびたびの海外での武力行使は、宣戦布告なしで平然と実行された）。

戦争は、始めることよりも、適時に、名誉ある形で終結することのほうが、はるかにむずかしい。開戦のその日から、いつどのように、どんな条件で戦争を終えるかをあらゆる知恵を絞って考えることは、古今東西、戦争する者の最大の課題である。いったん始めた「戦をとどめ」ることこそ、芸術的なまでの細心さと知恵とを必要とする技術なのだ。

昭和天皇は、適時に「戦をとどめ」ることができなかった。勢いにまかせて突進し、戦局が不利に傾いても、その不利が決定的になってからさえも、終戦の決断を先延ばしした。イタリアが戦争から離脱し（一九四三年九月）、ドイツが無条件降伏（一九四五年五月）しても、大日本帝国は戦争をやめようとしなかった。沖縄戦と原爆とソ連参戦は、無用の頑張りがもたらした惨害であった。「戦をとどめえざりしくちをしさ」と昭和天皇がくやむのは、こうした重大な判断の誤りに対してのものだったとも、読み取れないではない。

とにもかくにも、天皇制が亡びる前に「戦をとどめ」たのは、昭和天皇自身だった。「身はいかになるともいくさとどめけりただたふれゆく民をおもひて」。一九四五年の作である。日本の「臣民」が、なすすべもなく「ただたふれゆく」時点になってようやく、「いくさとどめけり」となった。そのドタン場でも、「身はいかになるとも」と、一身上の弁明を歌の冒頭にかかげた。もう一首、同様な事情説明の歌がある。「爆撃にたふれゆく民の上をおもひいくさとめけり身はいかならむとも」。自己犠牲の意志表明とはうらはらに、戦争は、天皇の一身と天皇制の存続にギリギリ間に合って、終わった。

それにしても、「いくさとどめけり」「いくさとめけり」は、少し他人事めいていはしないか。他人が戦争してるのをとめてやった、と言わんばかりだ。実際には、昭和天皇の肉声による放送（玉音放送）を合図に、日本は戦争をやめた。政府は連合国のポツダム宣言を受諾する際、「天皇の国家統治の大権に変更を加ふる要求を包含し居らざることの了解の下に」という、条件にならない条件を独り合点で付けさえした。事態をここまで引きずってきたことに「くちをしさ」を感じたことは、ありえぬことではない。だとすれば、「戦をとどめえざりし」は「戦に勝ちをえざりし」と読み替えて、負けたのが「くちをし」かったのだと理解することも可能なのではないか。

昭和天皇は、公式に戦争責任を認めたことがなかった。開戦責任はもとより、敗戦責任も。そのことが「戦を」の一首がほんとうは何を意味しているのかをあいまいにし、解読を複雑にしている一因ともなっている。

付け加えると、昭和天皇の歌には、「胸せまりくる」を結句とするものが八首ある。うち四首が、「さきの戦争」にかかわるもので、制作順に挙げると、次ぎのようになる。

夢さめて旅寝の床に十とせてふむかし思へばむねせまりくる
（一九五五年　八月一五日那須にて）

国のため命ささげし人々のことを思へばむねせまりくる
（一九五九年　千鳥が淵戦没者墓苑）

年あまたへにけるけふものこされしうから思へばむねせまりくる
（一九六二年　日本遺族会創立十五周年）

樺太に命をすてしたをやめのこころを思《も》へばむねせまりくる
（一九六八年　稚内公園）

これらの歌は、悲哀、同情、追悼、あるいは悔恨の感情を、「胸せまりくる」と表現している。その先に「くやし」「くちをし」があるのかどうか、歌は説明しようとしない。ことがらの性質上、戦争犠牲者への思いが「むねせまる」という激しい心の動きの原因となっていることは推察できるし、それは本来は戦時中の自身の行為ともかかわってくるはずだが、そこには踏み込まず、「国のためいのちささげし」と周到にも「国」に責任をあずけてしまっている。犠牲者の心中をおしはかるなら、「国」よりも天皇その人に命をささげるのだと信じこんだ者も少なくなかったに違いないのだが、ここでも昭和天皇は自己の戦争責任に言及しようとしていない。

3 無限責任――「やすらけき」考

昭和天皇の歌う「やすらけき世」が、日本一国だけの平安を指すとは考えにくい。この歌が詠まれた一九八八年、またその前年の一九八七年にさかのぼっても、日本国内はどちらかといえば平穏なほうだった。バブル景気は終末を知らぬ繁栄を約束するかのようだった。世界に目を移せば、小事件はかずかずあったが、むしろ世界の激動は、昭和天皇が没した一九八九年から始まったのだった。「きざしみゆれど」の「きざし」が、具体的に何だったかを裏付ける資料はない。

「くやしくもあるか」とは強い表現である。「くやしくもあり」でなく「くやしかりけり」でもない。七音の枠に納まらず、字余りの「くやしくもあるか」で、くやしさが強調される組み立てになっている。第三句の「いまだならず」も字余りで、つづけて「くやしくもあるか」と畳みかけているので、さらに増幅されているようでもある。総じて昭和天皇の歌には字余りが多いが、強調のため意識的に用いられるのが目立つ。さきほどの「戦を」の歌の結句も「今もなほおもふ」と字余りである。「爆撃に」にいたっては、第二句、第三句、結句が字余りという奮発ぶりである。いっぽう、字余りなしの定型歌は、ときに「国のため」のような、散文的で陳腐なものになりがちである。
「世界の平和と国民の幸福」とは、戦後、昭和天皇がしばしば記者会見などで語った願いであった。歌にもその例を見ることができる。

わが庭の宮居に祭る神々に世の平らぎをいのる朝々（一九七五年歌会始　「祭り」）

五月晴内外の宮にいのりけり人びとのさちと世のたひらぎを

（一九八〇年　伊勢神宮に参拝して）

「いのり」は神、それも皇祖神にささげられていた。「世」が、日本を指すのか、それとも「わが治世」か、あるいは世界全体なのかは特定できない。皇祖神は日本の神なのだから、世界の全部に責任を負いかねるかと思われるが、そうばかりとも言えない。敗戦前、大日本帝国の国是は「東洋平和」だった。「東亜の安定を確保し以て世界の平和に寄与する」とは宣戦詔書にも明記された「明治天皇が定め大正天皇が受け継いだ遠大なはかりごと」として、昭和天皇が常に遵守してきたものだった。これが「国益」だったのである。これを乱した者はためらわず征伐の対象にされた。

昭和天皇が戦前にも、世界平和を祈る歌を詠んでいたことも、思い出す価値があろう。

あめつちの神にぞいのる朝なぎの海のごとくに波たたぬ世を

（一九三三年歌会始　「朝海」）

西ひがしむつみかはして栄ゆかむ世をこそ祈れとしのはじめに

（一九四〇年歌会始　「迎年祈世」）

どちらも「祈る」歌で、世界平和を祈願する。ところで現実の世界はどうだったのか。「あめつちの」の前年、一九三二年には日本軍の占拠した中国東北部に「満洲国」が建国された。「西ひがし」の前年、一九三九年は、アジア大陸での戦争拡大に加えて、ヨーロッパで第二次大戦が勃発した年であった。「朝なぎの海」も「むつみかはして」も、絵空事というか、あまりにそらぞらしい話で、祈られる「あめつちの神」も、これには閉口しただろう。しかし昭和天皇は、まるで世界のすべてを引き受けでもしたように、「世」を祈りつづけていた、なんと広大な、ほとんど無限の責任感。だが、無限責任とは、想念の世界ならばともかく、現実の社会では、無責任とどれほどの差異があったのだろうか。

4　「悔しん坊」たち

「悔しん坊」という言葉があって、それは「ひどくくやしがる性質の人」のことだと『広辞苑』に書いてある。昭和天皇がそれに当てはまるかどうかを断定する資料は無いが、入江相政侍従長の日記などを見ると、加齢のせいもあったのか、たとえば高松宮宣仁とか三笠宮寛仁とかの言動に対して、「お上」は一つことを何度か繰り返して批判し怒りをあらわにしていたらしいことが推察できる。

梨本宮伊都子（一八八二～一九七六）という女性がいる。旧佐賀藩主・鍋島直大の長女で、梨本宮守正王の妃となった。朝鮮の王族・李垠と結婚した「流転の王妃」・方子の母である。

膨大な日記を残した。敗戦を六三歳で迎えた一九四五年八月一五日の感想が日記に記されている。

「(前略)…とてもとても筆にはつくしがたきくやしさ。やる方なく、ア、これで万事休す。昔の小さな日本になってしまふ。(中略)又空襲のため家はやかれ、親子わかれわかれになり、悲しき思ひをした人々の口惜しさ、何度もいふが一度でよいから米本土にこのくるしみをあぢはひさせてからにしてやりたかった。今後は神の御力のあらんかぎり米英の人々を苦しめなければ、うらみははれぬ。どうしてもこのうらみははらさねばならぬア、、、ーーー」

伊都子の「くやし」「くちをし」の用例はほかにもあるが、それはさておき、八月一五日にこうした思いを味わった日本人はけっこう居ただろう。ただ、神の力に頼っても、米英人に「一度でよいからこの苦しみをあじあわせなければ、恨みは晴れぬ」となると、条件さえ整えばテロにも走りかねないわけで、だからこそ日本では神風特攻隊が尊敬されもしたのだろう。

それから十三年後、明仁皇太子と正田美智子との婚約が発表された日、七七歳の梨本伊都子は「憤慨したり、なさけなく思ったり、色々。日本ももうだめだと考えた。」と日記に書いた。そのころの歌はこうだ。「あまりにもかけはなれたるはなしなり吾日の本も光りおちけり」。

美智子はいじめに耐え、くじけなかった。子を産み、三十年にわたる皇太子妃の歳月をへて、一九八九年、皇后にのぼりつめた。

二〇〇二年一〇月二〇日、満六十八歳の誕生日に際して、皇后は折りから話題の中心だった北朝鮮による日本人拉致にふれて、「無念」という言葉を用いて所感を述べた。「皇族が微妙な国際問題について率直な気持ちを表されるのは異例」（読売新聞）とメディアは解説する。「驚きと悲しみと共に、無念さを覚えます。自分たち共同社会の出来事としてこの人たちの不在をもっと強く意識できなかったのかという思い」を皇后はあえて表明した。日本の「世論」は自分の味方だと確信しての公言であった。余人ならぬ皇后が「無念」を口にしたことは、帰国した拉致被害者が、朝鮮に戻らず日本に居続けるのを支持する方向に作用した。日本のメディアは安心して北朝鮮・金正日の〝世襲〟独裁政治への敵意をむきだしにすることができた。人々は日本国が世襲の〝象徴〟を現にいただいていることを不思議に思うこともなかった。

明仁天皇と美智子皇后は、少年少女期を戦時下にすごし、その経験、あるいは戦後沖縄での体験などを通じて、戦争に反対し平和を愛好する存在と見なされてきた。折りおりの歌によって、そうした側面を強調することにもぬかりがなかった。昭和天皇がいやおうなしに戦争指導者としての影を引きずっていたのとは対照的に、次代の天皇・皇后は、平和、ないしは平和主義の象徴というイメージを作り上げるのに成功したかのように見えた。

二〇〇一年九月一一日。不吉かつ皮肉なことに、ニューヨークでの〝自爆テロ〟は、その昔梨本宮伊都子が敗戦当日の日記に書いたとおり、巨大なビルに働く人々に「くるしみをあぢはひさせる」結果をもたらした。アメリカ大統領を先頭とする反動はすさまじかった。〝対テロ〟戦争が、ブッシュが口をすべらせたように〝十字軍〟の刻印を帯びつつ、堰を切って始められた。ブッシュは、テロリストと戦わない者はテロリストの味方だ、と公言し、二者択一、旗色を鮮明にせよと、日本をふくむ世界に迫った。

二〇〇一年の一〇月には、日本の国会で「テロ特別措置法」が成立、自衛隊の海外派遣の推進へと事態が進む。一一月一三日、アフガニスタンで「北部同盟」軍が首都カブールを制圧。その四日前、日本の海上自衛隊は、米軍の「後方支援」のためインド洋に向け佐世保を出港した。

明仁天皇の反応もすばやかった。カブール制圧の映像か写真かを見たのだろう、「カーブルのいくさ終わりて人々の街ゆくすがた喜びに満つ」という歌を詠み、年末に発表した。一寸見には、平和回復を喜ぶ歌に聞こえる。しかしよくよく読めば、歌の文言にこそ表れないが、街をゆく「人々」が喜び迎えているのは、「解放軍」に見立てた軍閥の軍隊と、その後ろ盾の米軍なのであった。単純な「平和の歌」などではない。それは本質的には、「勝ち馬」に乗った者が、勝者に媚び、勝鬨に唱和した凱歌なのだ。それはいち早く反テロ戦争に加担した者の歌にほかならない。

戦争はカブールの平定では終わらず、アフガニスタンだけにとどまらなかった。ドミノ倒しは、〝テロリスト〟の居そうなところ、これから〝テロリスト〟が巣を構えそうなところへと拡大していった。二〇〇三年のイラク戦争は、「大量破壊兵器」の拡散のおそれを口実にして強行されたが、「九・一一」以来、前宣伝たっぷりに予告・予定されていた戦争だった。なにやら石油の臭いも立ちこめていた。

そして二〇〇三年一二月二三日、明仁天皇は七十歳の誕生日を迎えた。「ななそぢ」に入ったのである。誕生日前日の記者会見で、長文の感想を発表した天皇は、生涯を振り返って、「最も悲しい出来事」に「先の大戦で三百万以上の日本人の命が失われ」、「また、多くの外国人の命が失われたこと」をあげた。日本人の犠牲だけでなく、その数を上回る敵国の死者、アジアの無辜の民の死に対してさえも、悲しみを表明したわけである。父・昭和天皇には見られなかった、行き届いた心くばり、とも見えよう。

けれども、言及は「先の大戦」と、その直後の日本人、「戦後も原子爆弾による放射能やソビエト連邦での抑留などにより、多くの人々が犠牲」のところまでであった。真の問題は、いま現在の戦争なのではないのか。すでに始まったイラク戦争に、またも特別措置法で自衛隊の派遣が予定され、反対の声が高まっている。過去の死者でなくごく近い将来の死者が出ようかというご時勢なのである。天皇はまるでそのことに気づかぬように沈黙を守った。一方で政府が、陸海空の隊員を戦地に、すなわち死地に送り込もうというのに、明仁天皇はそれには悲しみも喜びも示そうとはしない。昭和天皇は七十歳になって、「戦をとどめえざりしくちをしさ」をとにかく歌にした。父と同じく七十歳を迎えた明仁天皇は、いったい何を思っているのだろうか。何も言わないのは、何も考えていないと受け取られてもしかたがない。それがなさけない。

（二〇〇四年）

Ⅶ 「をろがみ祈る」昭和天皇

1　「いのる」は四〇首あまりに

昭和天皇は、その作歌のなかで、「祈る」という動詞を、非常に多く使った。戦前・戦中（一九四五年八月の日本の敗戦前）に六首、戦後に二九首、合わせて三五首に「いのる」という表現が見られる。さらに、「をろがむ」「をがむ」という動詞が戦中に一首、戦後に六首あり、これは漢字をあてれば「拝む」となるから、祈る所作・動作の表現であり、ほぼ同じ質のものとみなしてもよいだろう。現に「をろがみいのる」歌が一首ある。

両者を合計すると四二首、昭和天皇の歌に用いられた動詞の第三位である（ほかに「祈る」の名詞形である「いのり」が戦後に二首）。動詞の一位は「み（見）る」で、昭和天皇の公表された作歌数である約八七〇首のおよそ四分の一にあたる約二〇〇首に用例があり、同じく二位の「おも（思）ふ」がおよそ五分の一の約一六〇首。「見る」は昭和天皇の歌に際立って多いのだが、視覚は五感の第一のものなので使われて自然ではあり、「思う」はそもそも和歌というものが思いの伝達である以上、多用も当然と言える。「祈る」は前二者よりだいぶ少ないが、それでも第三位は第三位であり、たとえば五感のうち聴覚にかかわる「きく（聞・聴）」が三〇首、嗅覚（「かをる」など）、味覚（「あぢはふ」・「たうべる」）、触覚（「ふれる」「なでる」）などの用例がわずかなこと、「ゆく」「くる」「帰る」「歩む」など普通の動作を示す動詞でさえ「祈る」より下位にあることを考えれば、「祈る」歌の多さは明らかに突出している。戦前・戦中の昭和天皇の歌は、公表されたものが二五首で、うち二首の公表は戦後のこと、一般に知られたものはすべて宮中歌会始での作品（摂政時代もふくめて全部で二三首）だったから、このうちの六首（「をろがむ」を加えれば七首）は、目立つほどの多数だと言える。

以下、「祈る」行為の意味について考えるわけだが、その際、だれが「祈る」のか、何を、だれに祈るのか、をまず問題にする。祈りの主体、内容、相手が、ここで明らかになる。副次的に、「いつ」「どこで」祈るのかについても、必要に応じてふれる。

2　敗戦までの「いのり」

敗戦前の「いのる」六首、「をろがむ」一首を、制作・発表順に並べると、次ぎのようになる。

一九三一（昭和六）年歌会始　題「社頭雪」

ふる雪にこころきよめて安らけき世をこそいのれ神のひろまへ

一九三三（昭和八）年歌会始　「朝海」

あめつちの神にぞいのる朝なぎの海のごとくに波たたぬ世を

一九四〇（昭和一五）年歌会始　「迎年祈世」

西ひがしむつみかはして栄ゆかむ世をこそ祈れとしのはじめに

一九四二（昭和一七）年歌会始　「連峰雲」
峰つづきおほふむら雲ふく風のはやくはらへとただいのるなり
一九四三（昭和一八）年歌会始　「農村新年」
ゆたかなるみのりつづけと田人らも神にいのらむ年をむかへて
一九四四（昭和一九）年歌会始　「海上日出」
つはものは舟にとりでにをろがまむ大海の原に日はのぼるなり
一九四五（昭和二〇）年歌会始　「社頭寒梅」
風さむき霜夜の月に世をいのるひろまへきよく梅かをるなり

歌会始という皇室伝来の行事に際して、とりわけそれが新年の儀式であってみれば、やや非日常的な「祈る」という行為が多く表れるのは、そう不思議ではない。年頭の神詣で。「社頭」＝神のひろまへ（広前）が二度も歌題にあげられているのも、こうした事情からだが、一九三三年の「朝海」で「あめつちの神」が出てくるのも、新年の宮中行事「四方拝」の情景と見える。

祈るのはだれか。たいていの場合、昭和天皇その人である。天皇は、大日本帝国の統治者であり、政治と軍事を総攬したが、その「まつりごと」は政事と祭事の双方をふくむものだった。六首の「祈る」はすべて、天皇の年頭の祈りである。「農村新年」だけ、田人ら＝農民が主体であるように見えるが、田人ら「も」と書かれているとおり、天皇も共に、「祈り」に参加しているのだ。例外は、一九四四年の「海上日出」の「をろがむ」「つはもの」＝兵士のみである。

何を祈ったか。四首までが「世」である。「世」とは広い意味を持つ言葉であって、もともとは「節(よ)」＝時間の節目、が語源というが、それを「世」と書くことで時間的にも空間的にも相当の広がりを持たされる。「わが世」と言えばかなり限定されるが、天皇にとっての「わが世」とは、治世にほかならない。祈りの歌ではないが、一九三二（昭和七）年の歌会始（題は「暁雞声」）での歌「ゆめさめてわが世を思ふあかつきに長なきどりの声ぞきこゆる」は、その前年秋に日本軍が中国の東北（満洲）を武力占領した時期での「わが世」の行く末への思いであった。「世」一般はさらに意味が広くなる。そのせいか、昭和天皇は多くの場合、なんらかの形容を「世」の前に置いて、どのような「世」を祈ったかを示している。「安らけき世」（社頭雪）、「波たたぬ世」（朝海）、「西ひがしむつみかはして栄ゆかむ世」（迎年祈世）は、平和な、紛争の無い「世」への祈りだが、ここでの「世」は、日本一国や昭和天皇一代の範囲を越えて、世界全体にまで広がっているようである。とくに一九四〇年の「西ひがし」が注目される。この年は、神武天皇即位から数えて「皇紀二六〇〇年」になるとして、「八紘一宇」、つまり大日本帝国が東アジアの支配を足掛かりに世界に覇権を唱えるという国是が大まじめに掲げられていた。前年にヨーロッパで第二次世界大戦が始まったのを受けて、日本はこの年、武力行使をふくむ南進政策をとってフランス領インドシナに軍隊を進め、ドイツ・イタリアと三国同盟を結んで「枢軸国家群」を固めた。これが「むつみかはして」の世界の実像だった。世界平和への願望は、この時期には、武力行使とまったく矛盾しない。そして一九四一年一二月、ついに「大日本帝国天皇」はアメリカ・イギリスに宣戦する。

歌会始での昭和天皇の作品は、四〇年代にいっそう時局色を濃くした。開戦の翌月、一九四二年の年頭の「祈り」は（題は「連峰雲」）、「むら雲…はやくはらへ」であった。戦争の勝利の祈願、と受け取るのが自然である。四三年は、「ゆたかなるみのりつづけ」と、のどかな農村の年明けに見えながら、その実、戦争の影響で窮屈になってきた食糧の増産のすすめでもあった。四四年、「舟にとりでに」初日の出を「をろがむ」陸海の将兵が何を祈ったのか書かれていないが、戦局が思わしくないなか、挽回を天に祈っても不自然ではない。朝日（「旭日」）は日本国のシンボルでもあり、また日本の皇祖神が太陽の化身と信じられていたことも、思い出しておいたほうがよかろう。つづく四五年、「社頭寒梅」の題でまたも「世をいのる」歌が詠まれる。このときの「世」には特定の形容はついていない。ただ「風さむき霜夜の月」が照らす「ひろまへ」が描写されているだけである。風は逆風、月はさむざむとして、凄愴、と言ってよい風景である。昭和天皇はなお勝利へのかすかな望みを、宮中に祀る皇祖神に託して、祈っているのである。戦争の終局も間近になって「世をいのる」天皇は、「梅かをる」幸運をむなしく待ちわびていた。

3　のこる民――「民」とはだれか

一九四五年の八月から一二月までの間に、昭和天皇は「終戦時の感想」として四首の歌を詠んだ。その草稿は一二月一五日、侍従次長の木下道雄に渡された。うち一首に「祈る」という表現がふくまれている。

外国と離れ小島にのこる民のうへやすかれとただいのるなり

木下の日誌(一九九〇年、『側近日誌』の題名で刊行)の記述によれば、この歌は「海の外の陸に小島にのこる民のうへ安かれとただいのるなり」と修整のうえ、同月二九日、木下が記者会見で発表した。正月の新聞紙面用の素材の提供である。「終戦」後、海外で引き揚げの日を待つ同胞の身の上を、かたじけなくも畏くも、思いやっての「御製」、という注釈つきである。四六年元日の各紙の紙面は、これも年末ぎりぎりに成案をみた年頭詔書(いわゆる「人間宣言」)とともに、この歌を天皇の近況を報道する記事のなかで紹介した。

この一首にはさまざまの問題がふくまれている。「のこる民」が、「残る」ではなく、「残された」・「置き去りにされた」の言い換えにほかならず、ことがらの本質、遺棄した側の責任をあいまいにする言辞であることは、前にも(別の文章で)述べた。ここでは、さらに二点、付け加えたい。

一つは、「祈る」行為を、敗戦後も昭和天皇が維持している、ということである。「うへ安かれと」、ただひたすら、祈るのである。祈りの効果や是非は、あえて問わない。ただ、戦後の作歌を通観すれば明らかなように、天皇の「祈る」という行為は、その後の全生涯にわたって持続している。ということは、天皇の地位や国事行為の内容の変化にもかかわらず、天皇の「祭事」は連続している、ことを意味する。昭和天皇の意識には、少なくとも祭事に関するかぎり、根本的な変化が無かったのではあるまいか、そのことが戦後の日本と日本人にとって何を意味するか、などを考えてもよいのではないだろうか。

もう一つは、「安かれ」と祈ってもらえる「民」とは、いったいだれだったのか、という問題である。敗戦によって武装を解除された将兵には、捕虜としての処遇やシベリアでの強制労働が待っていたかもしれない。幹部や国際法を犯した者、軍人以外でも権力をふるった一部の者は「戦争犯罪人」として裁かれることもあった。それらの人々も、おそらくは「民」に包摂されていただろう。だが一方、明治以来の大日本帝国が何度かの戦争で獲得した海外植民地、台湾・朝鮮・南洋諸島の住民は、つい先頃まで「一君万民」とか「一視同仁」の名のもとに「臣民」「皇民」とされてきたのだが、はたして「のこる民」の中に数えられていたのだろうか。どうやら、そうは見えない。それらの人々はすでに、「外つ国」（天皇の草稿）「海の外」（修整後）の人たちらしかった。昭和天皇はこの時、この一首の中で、意識的にかそれとも無意識にか、「臣民」の範囲をせばめ、「安かれ」と祈る対象からひそやかに除外したのだった。そして、日本と「海の外」の境界に位置し、つい二ヵ月たらず前まで苛烈な戦闘が行われて、住民多数がその犠牲となった沖縄――その島々に生きる人々は、「民」だったのかどうか。この歌は何も語らない。

4　戦後もつづく「いのり」

戦後の四十数年にわたる在位期間にも、昭和天皇の「祈る」歌はつづいた。そのほとんどがこれまでと同様、祈る主体は天皇自身である。「世」や「国」といった大きな対象も詠まれたが、「神に世を祈る」ことに集中しがちだった敗戦前に比べると、福祉・防災・環境などと、祈る内容が細かく分化しているのが目立つ。細分化したためか、祈りというよりは強い願望の表出、ときに平板で儀礼的な挨拶のようにひびく作もまじる。いくつかの分野別に例をあげれば、次ぎのようになる。

［民生─福祉・教育など］

社会事業（五四年・北海道巡行）
おほきなるめぐみによりてわび人もたのしくあれとわれ祈るなり

大阪市立弘済院（五六年）
世のなかをさびしく送る老人にたのしくあれとわれいのりけり

リデルライト記念養老院（五八年）
母宮のふかきめぐみをおもひつつ老人たちの幸いのるかな

民生委員制度五十周年にあたり（六七年）
いそとせもへにけるものかこのうへもさちうすき人をたすけよといのる

阿蘇野草園にて（八五年）
はなしのぶの歌しみじみ聞きて生徒らの心は花の如くあれといのる

［天災・人災への慰問］

洞爺丸遭難（五四年）
そのしらせ悲しく聞きてわざはひをふせぐその道疾くとこそ祈れ

横須賀線および三池炭鉱の二大事故（六三年）
大いなる禍のしらせにかかることふたたびなかれとただ祈るなり
蟹江川排水機場を見て（七九年・愛知県巡行）
台風のまがなきことをいのりつつ排水機場をわれは見たりき
大島　ヘリコプターに乗りて（八七年、伊豆大島・三原山の噴火）
大島の人々の幸いのりつつ噴きいでし岩を見ておどろけり

［環境保全］

有明海の干拓を憂へて（六一年）・
めづらしき海蝸牛も海茸もほろびゆく日のなかれといのる

［植樹・国土保全］

北海道植樹祭　モラップ山麓（六一年）
ひとびととあかえぞ松の苗うゑて緑の森となれといのりつ
秋田県田沢湖畔の植樹祭に臨みえざりしを惜しと思ひて（六八年）
鉢の土に秋田の土を植ゑつつも国の守りになれといのりぬ
滋賀県植樹祭（七五年）
金勝山森の広場になれかしといのりはふかしひのき植ゑつつ
愛知県植樹祭（七九年）
初夏の猿投《さなげ》のさとに苗うゑてあがたびとらのさちをいのれり

三宅島（八二年）

住む人の幸いのりつつ三宅島のゆたけき自然に見入りけるかな

「祈る」「拝む」対象に、身内や歴代天皇が現れるのも、戦後のことである。一九五一年の、母・貞明皇后の急逝がその始めだが、ここで「拝む」のは一般の会葬者である。

かなしけれどはふりの庭にふしをがむ人の多きをうれしとぞおもふ（貞明皇后崩御）

このほかの歌は、次ぎのようなものだ。

日本航空シティ・オブ・サンフランシスコ号に乗りて（六一年）

空翔けて雲のひまより見る難波ふるき陵をはるかをろがむ

厚子病気全快（六五年）

背のねがひ民のいのりのあつまりてうれしききはみ病なほりぬ

この歌には注釈が必要だろう。厚子は昭和天皇の第四女、旧・岡山藩主の子孫である池田隆政と結婚した。「背」とは背の君＝夫君をさす。ではここの「民」とはだれだろうか。日本国民のすべてが、いまや国民の一人となった池田厚子の病気平癒を祈ったとは考えにくい。岡山藩はとうの昔に無くなっており、「藩民」はいないし岡山県民では広すぎる。だが昭和天皇の観念の中では、厚子は「民」の数に入らず、「民」から祈ってもらう資格を持つ存在でありつづけたようである。そのことは、門地・身分についての特別な意識が天皇に色濃く残っていたことを意味している。

身内に関する歌をあと二首あげておく。

孝明天皇陵参拝（六七年）
百年のむかししのびてみささぎををろがみをれば春雨のふる
東優子の結婚（八〇年）
はるかなるブラジルの国のあけくれをやすらけくあれとただいのるなり
東優子は昭和天皇の外孫。長女の東久邇成子の次女である。
一方で、戦没者の遺族への目配りも、忘れられていない。
日本遺族会創立三十年式典（七七年）
みそとせをへにける今ものこされしうからの幸をただいのるなり
伊勢神宮とその祭神が、戦後の昭和天皇の歌にしばしば登場する。宮中からの遥拝も親拝もあるが、「祈り」をささげ「をろがむ」歌だけで七首を数える。ほかに神仏を「拝む」作は、高野山参詣の際の「史（ふみ）に見るおくつきどころををがみつつ杉大樹並む山のぼりゆく」（七七年）と、後述する八二年の日御碕神社参拝の歌だけである。
神嘗祭に皇居の稲穂を伊勢神宮に奉りて（五五年、二首）
八束穂を内外の宮にささげもてはるかにいのる朝すがすがし
わが庭の初穂ささげて来む年のみのりいのりつ五十鈴の宮に
式年遷宮（七三年）
秋さりてそのふの夜のしづけきに伊勢の大神をはるかをろがむ
神宮参拝　遷宮後の新宮に（七四年一一月七日）

みどりこき杉並木みちすすみきて外宮ををろがむ雨はれし夕

昭和天皇は戦後、二度にわたって海外を旅したが、その出発と帰国に際しても、伊勢神宮への参拝は重要な行事だった。

伊勢神宮参拝（七一年、ヨーロッパ諸国への歴訪を前に）

外つ国の旅やすらけくあらしめとけふはきていのる五十鈴の宮に

米国の旅行を無事に終へて帰国せし報告のため伊勢神宮に参拝して（七五年）

たからかに鶏のなく声ききにつつ豊受の宮を今日しをろがむ

その米国訪問でも、「祈る」歌が二首あった。

北米合衆国の旅行　アーリントン墓地にて（七五年）

この国の戦死将兵をかなしみて花環ささげて篤くいのりぬ

同　バルツ農場にて（七五年）

はてもなき畑をまもる三代のはたらきをみつつ幸いのるなり

訪問の相手に、相応の敬意をはらって挨拶することは、国際儀礼の範疇に属する。戦後の日米同盟の大切さに昭和天皇が早くから気づいて、「皇室外交」を身をもって実践したあとを、訪米の歌から読み取るのも、読者の自由であろう。にしても、「篤く」祈られた「この国の戦死将兵」には、太平洋戦争での戦歿者が少なからずふくまれていた。昭和天皇はその加害者、少なくとも加害者の総司令官であった。そして昭和天皇は旧敵の鎮魂のため、ただ米国でだけ、戦没者の墓前に祈ったのである。朝鮮、中国、アジア諸国には、ついに訪問さえしなかった。

一九七二年に日本に「返還」された沖縄にも、発病のため、訪れることができずじまいだった。（ただし、昭和天皇が米国にだけ傾斜していたとは断定できない。七一年のヨーロッパ諸国の訪問では、日本による戦争被害者の天皇への糾弾のほうが強く、犠牲者の鎮魂にまで手が回らなかった。なお、一九六四年の東京オリンピックの際には、「この度のオリンピックにわれはただことなきをしも祈らむとする」という作もある。）

もとへ戻って、もう一首残った伊勢神宮への祈りの歌にふれる。八〇年の「伊勢神宮に参拝して」で、実はこれが、いちばん昭和天皇らしい歌である。

五月晴内外の宮にいのりけり人びとのさちと世のたひらぎを

「世界平和と国民の幸福」――記者会見などでも、昭和天皇はたびたび、この二つが日頃からの念願であると語った。作歌にも当然、この願いは反映した。願いはしばしば、「祈る」という動詞を用いて、対句のように表明された。たとえばこんなふうに。

鳩（六六年、二首）

国民のさちあれかしといのる朝宮居の屋根に鳩はとまれり

静かなる世になれかしといのるなり宮居の鳩のなくあさぼらけ

七十歳になりて（七〇年）

ななそぢを迎へたりけるこの朝も祈るはただに国のたひらぎ

七五年歌会始　祭り

わが庭の宮居に祭る神々に世の平らぎをいのる朝々

日御碕神社（八二年）

秋の果の碕の浜のみやしろにをろがみ祈る世のたひらぎを

島根県の日御碕神社の主祭神はスサノヲだが、天照大神も日沈宮（下ノ宮）に祀られているから、天皇が巡行の途中で立ち寄っても不思議ではない。場所が「国譲り」の神話の地・出雲であるだけに、平和な「世」への願いは余計に強かったのかもしれない。

「世のたひらぎ」と「国のたひらぎ」が、同じものをさすのか、意識的に使い分けられたかを確かめる証拠は無い。しかし、生涯のほとんど最後に詠まれた次ぎの一首は、昭和天皇の「世」が日本一国にとどまるものでなく、壮年時の戦中と同様に、世界規模の広がりを持っていたことを示唆している。

全国戦没者追悼式（八八年八月一五日）

やすらけき世を祈りしもいまだならずくやしくもあるかきざしみゆれど

世界の平和、いまだ成らず。この歌はこう読むしかない。日本はいちおう好況のうちにあり、小規模な災害や事故はあっても社会の存立をゆるがすような事態は起きていなかった。世界の激動の要因は深く静かに動きつつあったにしても、事態の爆発的な変化はむしろ、天皇歿後の一九八〇年代末から九〇年代初めにかけて起きたのだった。昭和天皇がどこに「きざし」を見たかは知るよしもないが、八十歳をはるかに越えた昭和天皇が、うわべの平穏無事に自足していなかったらしいことは、おそらく確かであろう。

5　いま、「戦なき世」とは

昭和天皇を継いだ明仁天皇は、「平らけき世」や「波たたぬ世」への願いを、たびたび和歌に詠んでいる。皇太子時代からすでに、そうした歌が見られる。

一九七六（昭和五一）年歌会始　「坂」

みそとせの歴史流れたり摩文仁の坂平らけき世に思ふ命たふとし

即位のあとも、その声調に変化はない。

一九九四（平成六）年歌会始　「波」

波たたぬ世を願ひつつ新しき年の始めを迎へ祝はむ

この年に六十歳の還暦を迎えた天皇の誕生日に、美智子皇后は「平和ただに祈りきませり東京の焦土の中に立ちまししより」という歌を贈り、その夫が父帝と同じく「祈る天皇」であることを裏書きした。明仁天皇はさらに、戦後五十年の一九九六年、「遺族の上を思ひて」の詞書つきで「国がためあまた逝きしを悼みつつ平らけき世を願ひあゆまむ」と詠んだ。

歌の基調は一見、現在も変わっていないように見える。たとえば、ことし二〇〇五年の歌会始（題は「歩み」）の天皇の作はこうである。

戦なき世を歩みきて思ひいづかの難き日を生きし人々

たいそう解りやすい歌である。戦争のために苦難の日々を生きた人々を、「戦なき」現在までの歳月をへて、思い出し思いやっての作、と歌会始の新聞記事（一月一四日夕刊各紙）は解説した。「読売」の記事には、「宮内庁によると」とあるから、宮内庁がこのように説明したと受け取れる。平和主義者としての平成の天皇像は、実体を備えたものとして描かれる。

そう信じてよいか。一つ疑問がある。それは「戦なき世を歩みきて」という天皇の現状認識についての疑問である。

たしかに、戦後六〇年間、日本は他国に宣戦しなかったし、他国から宣戦されたこともない。その意味で日本一国の平和は保たれてきた。だがその一方、日本は米国の戦争を「理解」し「支援」し、現にイラクには自衛隊が駐屯して「占領軍」の一翼を担っている、と世界から見られている。「戦なき世」の「世」は、いつしか日本一国だけの時空に限定されてしまった。それが戦後日本の、あるいは明仁天皇の身丈に合った見方であるかもしれないが、それが世界の現実や、日本にそそがれる世界の目にふさわしいかどうかが、問われねばなるまい。

皇太子時代の明仁天皇の平和主義には「焦土のなかに立」って以来の戦争体験という根拠があった。沖縄の摩文仁の丘で「命たふとし」と詠んだのは、実感に根差した言葉だったにちがいない。ところが、天皇となって以後は、日本という国のことを重く考えはじめたためか、以前よりも頻繁に「国」を歌に詠みこむようになった。さきに引いた「国がためあまた逝きしをいたみつつ平らけき世を願ひあゆまむ」という一九九六年の一首は、天皇の内部で「国」と「世」が結び付いた、その結節点に位置する。こうして、二〇〇三年と二〇〇四年の歌会始で、天皇は続けざまに「国」の歌を発表した。

町　二〇〇三年歌会始

我が国の旅重ねきて思ふかな年経るごとに町はととのふ

幸　二〇〇四年歌会始

人々の幸願ひつつ国の内めぐりきたりて十五年経つ

二〇〇五年の「戦なき世」が、これら「国」の歌の延長線上にあることは、見やすい。そしてこの一首は、「今日の日本の平和と繁栄は、戦争と戦後の苦難に耐えた先人のおかげだ」といった言説に、たやすく道を開く。「かの難き日を生きし人々」に感謝を、というわけだ。「よそで何があろうと、国内が平穏ならそれが平和だ」、と言わんばかりの一国平和の至上主義からは、国内平和のためなら多少の犠牲は仕方がない、という考え方が出やすい。イラクの自衛隊が、第二次大戦の終末期と同じく、日本国から見捨てられる危険さえ無いではない。そのために靖国神社があり、各地の「護国神社」があるとでも言うのだろうか。

平和主義に名を借りて「国」に大きな比重、と言うより絶対の重みをかけかねない言説は、さらに飛躍して、「お国」のためにならない一切の人と言論を、圧迫し抹殺しようとする動きと連動する。明仁天皇その人が「強制的でないことが望ましい」と語った「君が代」強制についてさえ、「いやあれは、自発的に歌ってほしい、と仰せられたのだ」と読み替えようとする勢力がはびこる時世である。異論の抑圧のために用いられるキーワードが「反日」である。「反権力」「反体制」ではなく、反「日」という日本中心・日本至上の表現である点に注目しよう。戦時中に弾圧に猛威をふるった「非国民」の再生であるにとどまらず、「反日」という言葉はおのずから、日本の周辺に位置する国々とその民衆の、日本の権力者に対する批判も、それに同調する者どもも共に、国の内外を問わずだんこ排除するという排外主義をふくむ点で、挑発的で危険な言辞であることを知らねばならない。

「かの難き日」への思いは、「生きし」人々と「逝きし」あまたの人々の相関を、同時に思い出させる。戦時中は、戦線でも「銃後」でも、生死は紙一重だった。だからこそ昭和天皇も明仁天皇も、戦没者の慰霊・鎮魂を欠かさなかったし、それと同様に、「国のため」苦難に耐えた人々の顕彰を怠らなかった。その姿勢はしかし、総理大臣の度重なる靖国神社参拝を制止する論理を持たない。「国のため」に命をささげた「英霊」に感謝して、日本の平和と繁栄を祈るというのが、小泉純一郎の理屈だからだ。その実、この理屈は、小泉の「自衛隊の行くところが、すなわち非戦闘地域だ」式に言えば、「不戦を誓うために靖国神社にゆく」から「靖国にゆくから日本は平和で安全だ」といった、原因と結果の反転にさえ進みかねない。その靖国に祀られたのは「あまた逝きし」人々の一部であった。「逝きし」は、敵に殺された人、味方に殺された人の双方をふくむが、総じて国の失策によって生命を失ったのだった。靖国は、そのうちの一部、味方の戦歿者を祀る神社だが、戦争とは端的に言って殺し合いであり、余儀ないことながら、「英霊」の中には、「殺した」人、ないし「殺せ」と命じた人々もふくまれていた。日本国内でどのように解釈しようと、被害者からは「殺した」「殺せと命じた」側の姿が大きく見えることは避けられない。これを「反日」としてしりぞけるのでは、誤りを重ねるだけである。

昭和天皇が生涯の最後に「いまだならず」と嘆いた「安らけき世」と、明仁天皇の「戦なき世」とが、同じ「世」の字を用い、似たような声調の歌を詠みながらも、いくらか異なる意味を持たせていたことを、これまで見た。その是非をいまは問わない。言えるのは、前者がたえず神に寄り添って、大きな「世」を時には身のほどを越えて「祈」ったのに対し、後者はつつましく日本一国だけを「世」とみなす方向にしだいに傾いて、その平穏無事を「願」う道をとっている、ということである。前者は日本を破滅的な戦争にみちびいた。後者は、これまでのところ、新たな戦争に異議を唱え、抑止する道に進み出す気配を見せていないようである。

（二〇〇五年）

元本（創樹社版）著者あとがき

「み姿はわが眼前を過ぎゆけり熱きもの目にこみ上げて来ぬ」——なんとも稚拙な短歌だが、作者はわたし自身である。旧制和歌山県立田辺中学校文芸部の謄写版刷り『曙』という雑誌の四七年六月号に載っているので、隠しようがない。わたしは当時三年生で、十五歳になる少し前だった。

戦後間もないころ、民主主義とは何かを学びはじめた中学生たちは、日本の将来にまじめな関心を持っていた。新しい憲法がきまるまでの四六年は、「天皇制を廃止すべきか存続すべきか」が盛んに論じられた。わたしたちの中学では、廃止論の左派がやや優勢で、護持論の国粋派は少数者だった。理論も信念もはっきり持たぬまま、わたしは少数派についた。判官びいきの心情もあったが、戦時中とは正反対のことを急に言いはじめる上級生や一部の教師に、反発したい気持ちもあった。

四七年六月、昭和天皇は京都、大阪、和歌山、兵庫の各府県を巡行し、和歌山県田辺市に立ち寄った。駅の前からしばらく徒歩だったと記憶する。たまたま日曜日だったが、国粋派だったわたしは駅近くの人ごみに出かけた。上級生のだれかに誘われたようにも思うが、はっきりしない。

日の丸も万歳も、まして「君が代」も禁制だったから、静かな「奉迎」ぶりだった。わたしはその印象を短歌に詠んだ。

が、この歌でわたしはウソをついてしまった。「熱きもの」は、なぜか目にも胸にも「こみ上げて」来なかったのである。ウソをついたことへのやましい気持ちが、そのあとも長く残った。わたしは国粋派から離れ、しだいに短歌からも遠ざかっていった。十七歳になるまでには、短歌もやめてしまった。

それから二五年たって、わたしは一度、昭和天皇の短歌について論じたことがある。デイヴィッド・バーガミニの『天皇の陰謀』の書評という形式だったが、おもに和歌にあらわれた昭和天皇の心のありようを問題にした（「『天皇の陰謀』論」、『新日本文学』七三年九月号）。しかしこの時は、時間と資料が足りず、事実関係にも誤りが含まれていて、ずっと気になっていた。

本格的に昭和天皇の和歌について研究してみようと思い立ったのは、九〇年、高橋紘編の『昭和天皇発言録』を読んだときである。この本には、詔勅、世上に伝えられている昭和天皇のさまざまな発言とともに、一〇一首におよぶ昭和天皇の和歌が収められていた。本の帯に「時代のいく末を決定づけた昭和天皇の発言、思いを託した和歌をもれなく収録した完全記録集」と書かれてあり、「思いを託した」という表現が気に入った。編者の高橋さんは『今上陛下御製集』の存在を教えてくれたほか、貴重な助言をしてくれた。

九一年にわたしの研究はいったん中断した。たまたま、私の勤めていた日本新聞協会で、皇太子妃の候補者に関する報道協定（「報道しない」協定というべきか）が結ばれることになり、わたしは編集部長としてそのお膳立ての事務にたずさわることになった。協定の成立まで、その成立から九三年一月六日の解除まで、いろいろな曲折があったが、それはこの本とはかかわりがない。それにしても、その時期に昭和天皇に対するわたしの解釈をおおやけにすることはなにかと面倒かもしれない、という思いがあった。

そうこうしているうちに、鈴木正男の『昭和天皇のおほみうた』が出、ことし九七年に入って徳川義寛の『侍従長の遺言』が出た。後者は聞き書きながらなかなか有益で、昭和天皇の作品の制作・修整の過程が一部明らかにされたほか、「終戦四首」についてのわたしの推測を補強してくれる個所もあって、たいへん参考になった。

研究と分析の対象は、すでに発表されている昭和天皇の和歌にしぼらざるをえなかったが、この「方面」でのわたしの次ぎの仕事は、和歌を通じての明治天皇と昭和天皇の比較になるだろう。そのためには九万首あまりにおよぶ明治天皇の和歌を読み解くことが必要になるが、それまでに昭和天皇のほかの作品が公表されるかもしれない。とくに四五年八月以前の作が世に出れば、二人の天皇の戦争観が比較できるようになり、魅力のある研究ができるだろう。

この原稿が一冊の本になるまでに、創樹社の玉井五一さんの、大きなお力ぞえがあった。玉井さんは、日本文学学校研究科での同期で、四十年をこえる知己である。当時のわたしは学生だったが、玉井さんはすでに編集者であり、少し年長の友人として、またその後は新日本文学会の先輩として、折りにふれあたたかい教示をうけた。本を書くことを勧め、遅筆のわたしを励まし、原稿ができてからは、表現、体裁とも細かなところにまで気を配ってくれ、ようやくわたしの単著としては二冊目のこの本が生まれることになった。また、跋文に鎌田慧さん、装丁に田中淑恵さんをわずらわし、装画には敬愛する師の一人である菅原克己さんの作品を、著作権の継承者である菅原ミツさんの許諾をいただいてこの本を飾る運びとなった。記して皆さんに心からお礼申しあげる。

〈付〉として、「『天皇の陰謀』論」を収めることにした。もとの文章の事実関係の誤りを正し、表記を統一したほか、わずかに文章を整えたが、論旨は一九七三年の執筆当時のままである。

一九九七年一〇月

田所　泉

跋

鎌田慧

みずからの肉声によって語ることすくなかった昭和天皇の感情と意識とは、どのようなものだったのか。誰しも関心のあるところである。周到な文芸評論家である田所泉は、あくまでも、天皇御製八百六十五首にこだわりながら、天皇の意識下にまで到達しようとして、果敢である。
この冷静な情熱によって、わたしたちは、昭和史におけるさまざまな局面にあらわれた天皇と社会の関係を追体験し、天皇の人格と天皇制についての想いをめぐらすスリルを味わうことができる。着想の妙、分析の鋭さ、描写の手堅さ、文句なしに面白い。

（ルポライター）

［第二部初出一覧］

Ⅰ　『天皇の陰謀』論　『新日本文学』一九七三年九月号。元本に収録する際、若干の補正を行った。

Ⅱ　「天皇の文学」と近代天皇制　『新日本文学』一九九九年九月号。『新編「新日本文学」の運動』に収録する際、補正した。

Ⅲ　プロパガンダとしての「御製」　『インテリジェンス』第4号、二〇〇四年五月。

Ⅳ　昭和天皇の歌碑について　『新日本文学』一九九八年五月号。『新編「新日本文学」の運動』に収録する際、［注］を加筆。

Ⅴ　昭和天皇の「言葉のアヤ」　『新編「新日本文学」の運動』。二〇〇〇年九月。

Ⅵ　くやしくもあるか昭和天皇　書き下ろし

Ⅶ　「をろがみ祈る」昭和天皇　書き下ろし

引用歌一覧

年（西暦）		ページ
昭和天皇		
21	とりがねに夜はほのぼのとあけそめて代々木の宮の森ぞみえゆく	25
22	世のなかもかくあらまほしおだやかに朝日にほへる大海の原	26
24	あらたまの年をむかへていやますは民をあはれむこころなりけり	35
25	立山の空に聳ゆるををしさにならへとぞ思ふみよのすがたも	35、217、225、236
26	広き野をながれゆけども最上川海に入るまでにごらざりけり	64
28	山山の色はあらたにみゆれどもわがまつりごといかにかあるらむ	27、185、196
31	ふる雪にこころきよめて安らけき世をこそいのれ神のひろまへ	258
32	ゆめさめてわが世を思ふあかつきに長なきどりの声ぞきこゆる	41、260
33	あめつちの神にぞいのる朝なぎの海のごとくに波たたぬ世を	26、152、184、203、216、248、258
	をとめらの雛まつる日に戦をとどめしいさを思ひ出でにけり	92、186
34(?)	埃及の旅の供して病たりし人の子おもふ春の此ころ	207
36	紀伊の国の潮のみさきにたちよりて沖にたなびく雲をみるかな	17、171

48
うらうらとかすむ春べになりぬれど山には雪ののこりて寒し　36、199
春たてど山には雪ののこるなり国のすがたもいまはかくこそ　36、199
風さむき霜夜の月を見てぞ思ふかへらぬ人のいかにあるかと　31
しづみゆく夕日にはえてそそり立つ富士の高嶺はむらさきに見ゆ　61
緑なる牧場にあそぶ牛のむれおほどかなるがたのもしくして　237
たゆまずもすすむがををし路をゆく牛のあゆみのおそくはあれども　35、236

49
海の底のつらきにたへて炭ほるといそしむ人ぞたふとかりける　51、231
みほとけの教まもりてすくすくと生ひ育つべき子らにさちあれ　130
高原にみやまきりしまうつくしくむらがり咲きて小鳥とぶなり　141
かくのごと荒野が原に鋤をとる引揚びとをわれはわすれじ　51
外国につらさしのびて帰りこし人をむかへむまごころをもて　51
国民とともにこころをいためつつ帰りこぬ人をただ待ちに待つ　51
しほのひく岩間藻のなか石のした海牛をとる夏の日ざかり　68
うれひなく学びの道に博士らをつかしめてこそ国はさかえめ　43
賞を得し湯川博士のいさをしはわが日の本のほこりとぞ思ふ　43、211

50
静かなる潮の干潟の砂ほりてもとめえしかなおほみどりゆむし　68
日の丸をかかげて歌ふ若人のこゑたのもしくひびきわたれる　43、232、237
夜の雨はあとなく晴れて若人の広場につどふ姿たのもし　232、237

うれしくも晴れわたりたる円山の広場にきそふ若人のむれ　121
なりはひにはげむ人々をををしかり暑さ寒さに堪へしのびつつ　52、236
ひさかたの雲居貫く蝦夷富士のみえてうれしき空のはつたび　62
おほきなるめぐみによりてわび人もたのしくあれとわれ祈るなり　134、264
北の旅のおもひ出ふかき船も人も海のもくづとなり果てにけり　134
そのしらせ悲しく聞きてわざはひをふせぐその道疾くとこそ祈れ　134、264
新米を神にささぐる今日の日に深くもおもふ田子のいたつき　106、234

55

茂れとし山べの森をそだてゆく人のいたつき尊くもあるか　234、238
久しくも見ざりし相撲ひとびとと手をたたきつつ見るがたのしさ　74
夢さめて旅寝の床に十とせてふむかし思へばむねせまりくる　149、246
八束穂を内外の宮にささげもてはるかにいのる朝すがすがし　267
わが庭の初穂ささげて来む年のみのりいのりつ五十鈴の宮に　267
松の火をかざして走る老人のををしきすがた見まもりにけり　93、236
新しきざえに学びて工場にはげむひとらをたのもしと見つ　232、237
この子らをはぐくむ人のいたつきを思ひてしのぶ十とせのむかし　106
往きかへり枝折戸を見て思ふかなしばし相見ぬあるじいかにと　93
晴れわたるけふのよき日にわがみこのををしき姿見るがうれしも　236

56

木を植うるわざの年々さかゆくはうれしきことのきはみなりけり　65

ひさしぶりにかつをどりみて静かなるおほうなばらの船旅うれし 30
思はざる病となりぬ沖縄をたづねて果さむつとめありしを 54
秋なかば国のつとめを東宮にゆづりてからだやすめけるかな 46
国民に外つ国人も加はりて見舞を寄せてくれたるうれし 140
88 国鉄の車に乗りておほちちの明治のみ世をおもひみにけり 79
くすしらの進みしわざにわれの身はおちつきにけりいたつきをおもふ 107
みわたせば春の夜の海うつくしくいかつり舟の光かがやく 141
夏たけて堀のはちすの花みつつほとけのをしへおもふ朝かな 131
あぶらぜみのこゑきかざるもえぞぜみとあかえぞぜみなく那須の山すずし 69
やすらけき世を祈りしもいまだならずくやしくもあるかきざしみゆれど 145、185、241、270
あかげらの叩く音するあさまだき音たえてさびしうつりしならむ 69
88 空晴れてふりさけ見れば那須岳はさやけくそびゆ高原のうへ 18

明治天皇

1902 さしのぼる朝日の光くもりなくさかえむ国をわれいのるかな 181
03 ことのはの道のおくまでふみわけむ政きくいとまいとまに 185
04 あさみどり澄みわたりたる大空の広きをおのが心ともがな 169
子等はみな軍のにはにいではてて翁やひとり山田もるらむ 169

大正天皇

貞明皇后

（この歌の作者としては、貞明皇后と香淳皇后の二説がある）

香淳皇后

28　雲の上にそびゆる富士のあらたなる姿や御代のすがたなるらむ　196
45　御民らのこころさながら神垣のさむさにかちて梅もさくらむ　195

明仁天皇

66　子供らの遊びたはむるる声のなかひときは高し母を呼ぶ吾子　170
67　ガラス壁に生みし卵をかはりあひて親のティラピア守り続けをり　170
73　つぶらなるまなこころらして吾子は言ふしゅろの葉の柄にとげのありしと　170
76　みそとせの歴史流れたり摩文仁の坂平らけき代に思ふ命たふとし　271
94　波たたぬ世を願ひつつ新しき年の始めを迎へ祝はむ　206、271
96　国がためあまた逝きしを悼みつつ平らけき世を願ひ歩まむ　271
2001　カーブルのいくさ終りて人々の街ゆくすがた喜びに満つ　252
03　我が国の旅重ねきて思ふかな年経るごとに町はととのふ　273
04　人々の幸願ひつつ国の内めぐりきたりて十五年経つ　273
05　戦なき世を歩みきて思ひいづかの難き日を生きし人々　271

みかきもり衛士のたく火の夜はもえて昼は消えつつ物をこそ思へ　113

本居宣長（肖像画への賛、十八世紀末ごろ）

しきしまのやまと心を人とはば朝日ににほふやまさくら花　212

吉田松陰（『留魂録』、一八五九年）

身はたとひ武蔵の野辺に朽ちぬとも留め置かまし日本魂　212

梨本宮伊都子（一九五八年の日記、皇太子婚約発表への感想）

あまりにもかけはなれたるはなしなり吾日の本も光りおちけり　250

あとがき

この本の第一部を『昭和天皇の和歌』の表題で一九九七年に創樹社から刊行したとき、それまで面識の無かった道浦母都子さんがはやばやと『朝日新聞』で書評してくれた。さらに、新日本文学会の先輩・友人である小沢信男・小野悌次郎・菊池章一・栗原幸夫・菅井彬人ら多くの人が、書評や著作の中で評価してくれ、心強かった。力を得て、『歌くらべ　明治天皇と昭和天皇』（一九九九年、創樹社）、『大正天皇の〈文学〉』（二〇〇三年、風涛社）を書き下ろすことができたほか、さまざまの会合で報告したり、関連する文章を書く機会も得た。それらのうち、第一部を補完すると思われるものをいくつかと、昭和天皇が和歌で展開したレトリックを解析した書き下ろしの文章も加えて、第二部とし、「昭和天皇の表層と深層」と題をつけてみた。

第二部のⅠ「『天皇の陰謀』論」は、元本では〈付〉として扱ったが、これがわたしとして昭和天皇の和歌を研究対象にした最初のエッセイなので、出発地点を示す意味もあってこの本にも残した。

第二部のⅡ以下の文章の成立事情は、あらまし次ぎのとおりである。

Ⅱ「近代天皇制の『文学方面』」は、一九九九年六月、新日本文学会の第四二回総会のシンポジウムでの報告に加筆して、二〇〇〇年一〇月、同会の出版部から刊行した『新編「新日本文学」の運動』に収めたものを移した。新日本文学会が二〇〇五年三月六日をもって解散し、わたしの本も絶版になったので、同書の第2部から三編、つまりⅡの『文学方面』、Ⅳ「昭和天皇の歌碑について」、Ⅴ「昭和天皇の『言葉のアヤ』」をこちらへ移動させた。

第二部Ⅲ「プロパガンダとしての『御製』」は、20世紀メディア研究所（山本武利代表）編集発行の『インテリジェンス』第四号（二〇〇四年五月、（株）紀伊国屋書店から発売）に載せたものを、編者の許諾を得て収録した。その際、横書きを縦書きに変えたほか、もとの学術論文の体裁を多少読みやすくするため、「注」の若干と、文中の出典表示などを省略した。

第二部Ⅵ「くやしくもあるか昭和天皇」とⅦ「『をろがみ祈る』昭和天皇」はともに書き下ろしで、昭和天皇の和歌に表れた特徴的な言い回しをとらえて、その心の深層を読み解こうと試みたものである。Ⅴ「言葉のアヤ」と共通したアプローチのつもりである。

こうして、この本の第二部は、分量のうえで第一部とあまり変わらないほどに増えた。

ここ数年間に、昭和天皇と天皇制に関する各種の研究は、いっそう進展した。それらの中には、わたしの『昭和天皇の和歌』にふれた叙述を見ることもできる。一方、創樹社が今世紀に入って倒産し、在庫も散逸したようで、入手が困難と聞いている。折りしも、風濤社・高橋行雄さんの厚意あふれる勧めがあり、これをありがたく受けて、第二部の諸編を加えて『昭和天皇の〈文学〉』という題名で一冊にまとめることにした。こういういきさつから、元本の編集者であり、いわば共同制作者であった玉井五一さんに、今度は跋文をお願いした。カバーの装画には、元本では故・菅原克己さんの「真珠」を使わせていただいたが、今回は同じく菅原さんの「眠る男」

を、原画の所蔵者である小沢信男さんのご厚意により拝借し、使わせていただいた。菅原さんはもともと詩人であって、わたしは以前から、穏やかだが芯のつよいその詩と詩精神を、飾らぬ人柄ともども敬愛してきた。菅原さんは「明治」が終わる前の年に生まれ、「昭和」の終わる前年に世を去って、ことしで一七年たつ。一九七〇年代かと思われるが、「ここにいくつかの」と題する作がある。それを拝借して、「あとがき」の結びとして、その詩から引用する。「ここにいくつかの／小さい音がありましたら／祝福してください。／…（中略）…／世間ではかいのないことを／けんめいにやっているそのことだけで／口笛をふいてください。」（『菅原克己全詩集』から）。

二〇〇五年七月

田所　泉

跋——増補新版『昭和天皇の《文学》』に寄せて

玉井五一

竹内好師に「わがくにの天皇制は、おしなべて国土の一木一草にまで及んでいる」という意味の名言があって、私のようなアマノジャクでも頂門の一針と重くうけとめるざるを得なかったが、永い日本の歴史において、かの十世紀後半の平安中期、承久・天慶の乱として知られる、権威から自由な東夷《あずまえびす》の平将門の叛逆は、同時期の西の藤原純友の決起とあいまって事毎に特記される稀な事例となっている。

特に将門の場合、最後の決起に失敗して敗死した後も、東京大手町の首塚や江戸の産土神《うぶすな》たる神田明神をはじめ関東各地に広く神として祭られ、民衆の広範な尊崇を受けて来ていることなど、意味深い。

かくて将門をテーマとした作品は古来あまただが、とりわけ私には大岡昇平の『将門記』が印象に強い。個人の一代記など無かった時代に、従軍僧として即時的に、いわばルポルタージュの失蹤として稀有にまとめられた東北の勇敢な叛逆者の記録が、すでに〝新王〟を称しつつ最後には京の実力者に対してこの日本の〝半国〟を領する許可を乞うている姿に接する時、大岡昇平ならずとも、失望の思いにつき落されざるを得ない。

「『将門記』の筆者に西欧的な英雄の観念がなかったのはいうまでもない。文明と天皇制が同時に発生したわが国に、アキレウスやオデッセウスのような自由な族長のイメージは形成されなかった。ヤマトタケルは征服された小部族の神であり、天皇への柔弱な忠誠心を示しているだけである。彼はアキレウスのように怒る自由を持っていない」というのが大岡の断念にもとづく悲しい結語だった。

ところで畏友田所泉の労作が、一九九七（平成九）年の『昭和天皇の和歌』（跋文・鎌田慧）を皮切りとして、次いで『歌くらべ　明治天皇と昭和天皇』（跋・小沢信男）へと続き、さらに一昨年の『大正天皇の《文学》』（跋・井出孫六）の三部作として完成した。これだけでも壮挙なのに、彼が最初に手がけた『昭和天皇の和歌』を『昭和天皇の《文学》』と改題の上、増補新版として、このたび上梓されることになったことを喜びたい。

著者は臨床医のような冷静さと慎重さで、明治・大正・昭和の三代にわたる《天皇の和歌＝文学》にせまるという文業を成し遂げた。

それにしても、昭和天皇が生前、一万首に及ぶ多くの歌を残していたことを初めて本書によって知ったと、初版上梓後、道浦母都子氏も書評（朝日新聞'98年1月18日）でふれていたが、その他いくつかの興味深い論点として歌人でもある道浦氏がふれていたのは「たとえば恋の歌は皆無で」「近親者でいちばん多くうたわれているのは、母、貞明皇后だ。祖父、明治天皇の歌は登場するが、父である、大正天皇の歌は登場しない。著者はこうした点をていねいに解読しながら、うたわれている対象だけでなく、あえてうたわれていないものの中に、昭和天皇の肉親感をはじめとするある側面を見出そうとする」と正鵠にも批評していたが、そうした点であれやこれやと本書は興趣つきない。それにしても、恋の歌が皆無ということは、いろんな事情があるにもせよ、伝統的にみても、やはり不自然といえるのではないだろうか。

【著者略歴】
田所　泉（たどころ　いずみ）
・1932年8月10日　大連市に生まれる
・東京大学経済学部卒業（1957年）
・日本文学学校研究科卒業（1955年）
・1957年4月～1995年6月（社）日本新聞協会事務局に勤務。
・1971年4月～2001年3月　いくつかの私立大学で非常勤講師としてマスメディア論、比較マスコミュニケーション論、国際コミュニケーション論などを講義。
・1958年12月～2005年3月　新日本文学会会員
・著書「大正天皇の〈文学〉」（2003年、風濤社）
「新編『新日本文学』の運動」（2000年、新日本文学会）
「歌くらべ　明治天皇と昭和天皇」（1999年、創樹社）

昭和天皇の〈文学〉
二〇〇五年九月三十日　初版第一刷発行

著者　田所　泉
発行所　風濤社
東京都文京区本郷二―三―三
ＴＥＬ　〇三（三八一三）三四二一
ＦＡＸ　〇三（三八一三）三四二二
印刷所　吉原印刷
製本所　積信堂製本